Hajo Jahn

Die Facetten des Prinzen Jussuf

Ein Lesebuch über Else Lasker-Schüler

Für Doris, Tanja und Katja

HAJO JAHN

DIE FACETTEN DES PRINZEN JUSSUF

Ein Lesebuch über Else Lasker-Schüler

PalmArtPress
Berlin

Der Schellentänzer, um 1925

Die Zeitzeugen
Prolog

Man mag drei- oder viertausend Menschen gekannt haben, man spricht aber immer nur von sechs oder sieben.

– Elias Canetti

In diesem „Lesebuch“ geht es nur um *einen* Menschen. Ein Mensch, dem ich nie begegnet bin, der mir jedoch über mehr als drei Jahrzehnte durch Gespräche, Veröffentlichungen und Veranstaltungen im In- und Ausland immer vertrauter geworden ist: ELSE LASKER-SCHÜLER. Zu ihrem 150. Geburtstag wurde ich 2019 gebeten, eine Artikelserie über sie für die Westdeutsche Zeitung in Wuppertal zu schreiben, Geburtsstadt der facettenreichen Künstlerin. Aus den überarbeiteten Beiträgen ist nun ein Buch geworden, um das mich Leser der Zeitungsartikel gebeten haben.

Warum aber noch ein weiteres Buch? Wo es doch bereits relativ viele Publikationen, Biographien, Dissertationen und sogar Romane über Else Lasker-Schüler gibt, Bücher in mindestens einem Dutzend Sprachen, von Fachleuten, aus denen ich gelegentlich zitiere, wenn auch weitgehend ohne Fußnoten. Denn das hier ist eine journalistische Arbeit, keine wissenschaftliche. Es ist eher „Oral History“, wie es auf Neudeutsch heißt, wenn es um Ohrenzeugen geht.

Anders als die meisten exilierten und verfolgten Künstler ist Else Lasker-Schüler unvergessen. Ihr Tod fiel fast zeitgleich zusammen mit der Befreiung von der NS-Diktatur. Da waren in West-Deutschland noch viele alte Nazis in Amt und Würden. Dennoch erlebte die jüdische Poetin einen regelrechten Hype, vielleicht, weil sie den Deutschen bereits Versöhnung anbot, als das mörderische „Dritte Reich“ noch existierte. Als „Poetin der Zeichenfeder“ war sie nur Insidern ein Begriff. Bekannter war sie durch ihre Gedichte. Mit Paul Celan und Nelly Sachs zählt Else Lasker-Schüler zu den wichtigsten deutsch-jüdischen Lyriker:innen. Sie ist „in“ bei Jugendlichen, Transmenschen und Homosexuellen, im Internet präsent und bei den Komponisten bis heute geschätzt als meistvertonte deutschsprachige Dichterin. So ist das Bild, das wir uns über den „Prinzen Jussuf" machen (lassen), immer schillernder, jedoch zugleich auch immer glatter geworden.

Die Antwort auf die Frage, ob warum die Künstlerin noch heute eine Identifikationsfigur ist, versuchen hier die verschiedenen Beiträge zu geben. Auch weil der Bedarf an weiblichen Vorbildern wächst. Beispiele dafür sind die Madres de Plaza de Mayo in Argentinien, Anna Politkowskaja in Russland, Greta Thunberg in Schweden oder Swetlana Tichanowskaja und Maria Kolesnikowa in Belarus. Etwas von allen ist in Else Lasker-Schüler angelegt. Die alleinerziehende Mutter brach sexuelle Tabus, war mit der Sozialistin Rosa Luxemburg befreundet, thematisierte früh bereits die Umweltzerstörungen und spielte mit den Geschlechterrollen in einer Zeit, in der Frauen noch weitgehend rechtlos waren. Im deutschen Kaiserreich war eine Künstlerexistenz wie die von Else Lasker-Schüler als weiblicher Lebensentwurf angreifbar und nur realisierbar für Menschen, die stark waren.

Das Erstaunliche dabei ist, das alles scheint Ewigkeiten her zu sein. Doch je weiter man sich in unserer schnelllebigen Zeit von der 1869 geborenen und 1945 gestorbenen Malerpoetin entfernt, desto moderner, schillernder und großartiger zugleich erscheint sie. Aber stimmt das alles? Die Meinungen über sie als Mensch und Künstlerin gehen weit auseinander. Den Begriff „modern" lehnte sie für sich ab und formulierte ihre eigenen Erwartungen drastisch: „Ich will lieber ein Menschenfresser werden als Nüchternheit wiederkäuen."

Nicht allen, die sie kannten, ist die verhinderte Menschenfresserin in angenehmer Erinnerung. Die Geschichten über ihre Ruppigkeiten sind zahlreich. Eine Zeitungsverkäuferin in Zürich hätte sie wütend fast um ihren Job gebracht, weil die ihr keine Briefmarke verkaufen wollte. Else Lasker-Schüler ähnelt dem stachligen Feigenkaktus, der innen süß ist. Bezeichnend ist die Begebenheit, die Grete Fischer erzählt, 1893 in Prag geborene Verlagslektorin bei Cassirer und Ullstein:

„Als sie eines Tages gut auf mich zu sprechen war, schenkte sie mir eine ihrer schönsten Zeichnungen, ‚Jussufs Versunkenheit', die wir als Titelbild für die Gedichte verwendeten. Vier Wochen später kam sie und bat, ob ich sie ihr nicht wiedergeben könnte: ‚Ich brauche Geld von Hugo Simon, ich muss ihm etwas Schönes geben. Sie wissen doch, ich bin ein Räuber!‘ Sie nahm also das Blatt zurück und schnitt die Widmung ‚Grete Fischer, der Immerlieben‘, einfach ab.“

Die Jüdin Grete Fischer konnte dem Holocaust entkommen. Sie starb 1977 in London. Über Else Lasker-Schüler berichtete sie in dem Buch *Dienstboten, Brecht und andere Zeitgenossen in Prag, Berlin, London*, erschienen bei Olten, Freiburg i. Br.

Die Israelin Avital Ben-Chorin hatte von Else Lasker-Schüler eine rote Rose geschenkt bekommen, eine der teuersten Blumen im Land preiswerter Kinder Floras. Diese Rose blühte in der Vase ungewöhnlich lange fort und fort. Else Lasker-Schüler kam ins Krankenhaus und starb nach sechs Tagen. Die Rose blühte weiter und über die Beerdigung hinaus. Sie war eine Versöhnungsgeste der Dichterin nach einem Streit gewesen, weil Avital einer Freundin von Else Lasker-Schüler den Ehemann „ausgespannt“ hatte. Avital Ben-Chorin, die aus Eisenach stammte, erzählte immer als erstes die wundersame Rosengeschichte, wenn sie über Else Lasker-Schüler berichtete.

Mir war es vergönnt, auch mit anderen letzten Zeitzeugen zu sprechen, die die Dichterin noch gekannt haben, darunter der Schweizer Hans-Christoph Binswanger und die Deutsche Eva Pankok. Beide sind Else Lasker-Schüler als Kinder im Hause ihrer Eltern begegnet. Eva Pankok erzählte, dass der Besucherin mit dem Pagenschnitt ihr blaues Mädchenkleid gefallen habe. Sie sei freundlich zu ihr gewesen, „gar nicht von oben herab wie andere Erwachsene.“

Der Zürcher Dr. Hans Bolliger ist in die Kunstgeschichte als „Papa Dada“ eingegangen. Als 19-jähriger Volontär in der Verlagsbuchhandlung Oprecht war er bis zu einem ominösen Streit so etwas wie Sohn-Ersatz für die Immigrantin. Er habe sie sogar mit zu seiner Mutter genommen. Eines Tages aber habe Else Lasker-Schüler ihm nicht geglaubt, als Bücher von ihr scheinbar bei ihm verschwunden waren. Sie bezichtigte ihn der Lüge und des Diebstahls. Es kam zu einem Zerwürfnis, das er bis an sein Lebensende bedauerte.

Hans Bolliger hat 14 Originalzeichnungen von ihr gesammelt und 1997 an die Else Lasker-Schüler-Gesellschaft veräußert. Zur ersten Ausstellung dieser Bilder im Von der Heydt-Museum kam er nach Wuppertal und besuchte mit mir die hiesigen Lebensstationen der Dichterin. Über ihr erstes Zusammentreffen berichtete er: „Eines Tages, 1934, stand sie schwarz gekleidet, eine Hexe, eine Hysterikerin, in der Tür und sah mich unverwandt an. ‚Sie gleichen meinem Sohn Paul. Ich muss Sie wiedersehen!' Dann lud sie mich ein in die ‚Glockenuhr', eine Frau auf der Flucht, die Augen voller Angst vor Behörden und vor der Polizei. Sie war so arm, dass sie auf Post- und Telegraphenämtern Papier mitnahm, um zu zeichnen und zu dichten."

2006, beim XIII. Else Lasker-Schüler Forum in Zürich, traf ich Judith Adler. Als 16-Jährige sei sie in Palästina „viel zu schüchtern gewesen, um die etwas gebückt gehende Frau mit dem komischen Kompotthut und dunkler Kleidung" anzusprechen. „Ich glaube, sie hat aus ihrem Lyrikband *Mein blaues Klavier* in der Wohnung meiner Mutter Anny Möller in Jerusalem vorgelesen."

Judith Adlers Erinnerungen sind in dem ELS-Almanach *Wo soll ich hin? Zuflucht Zürich – Fluchtpunkt Poesie* veröffentlicht. Bei Veranstaltungen in den Goethe-Instituten von Jerusalem und Tel Aviv haben mich im Mai 1994 Besucher angesprochen und von Else Lasker-Schüler erzählt. Sie zeigten Briefe und Zeichnungen von ihr. Die Namen dieser „Jeckes", wie man im warmen Israel die aus Deutschland stammenden Juden wegen ihrer langen Jacken bezeichnet, habe ich nicht notiert, was ich inzwischen bedauere.

Es waren Berichte aus erster Hand über eine verhuschte, über 70 Jahre alte Frau, gelegentlich von Straßenkindern verhöhnt als „Hexe", die man im Jerusalemer Café Sichel oder bei Lesungen gesehen oder gehört habe. Gern erinnere ich mich an jene Israelis, die mir von ihren Begegnungen mit Else Lasker-Schüler erzählt haben wie:

- Avital Ben-Chorin, mit der ich Else Lasker-Schülers Grab besuchte. Kennengelernt hat sie die Elberfelderin im Haus ihres Mannes Shalom Ben-Chorin. 1945 war sie bei der Beerdigung der Dichterin auf dem Ölberg in Jerusalem dabei. „Ungeheuer sexuelle Augen", überschrieb sie ihre Erinnerungen im ELS-Almanach, „jeder Vers ein Leopardenbiss".

- Rudolf Zipkes. Er hatte als 22-Jähriger am 18. September 1933 eine Lesung von Else Lasker-Schüler im Zürcher Kramhofsaal miterlebt. Der 95-Jährige erzählte (als sei es gestern gewesen) beim XIII. Forum 2006 in der Schweiz über den „Zauber durch den Mund der Dichterin". Nach dem Tode seines Schwiegervaters Dr. Jakob Zucker habe er beim Aufräumen in dessen Wohnung etwa 30 Postkarten gefunden, den „Prinz Jussuf" an den „Gönner" Zucker geschrieben hatte. (Veröffentlicht im Almanach *Wo soll ich hin?*)
- Meira Bein, die in Israel geborene Tochter ihrer Vermieterin, hat Deutsch durch Else Lasker-Schüler gelernt und ist mit ihr verbotenerweise ins Kino gegangen.
- Heinz Gerling stammte aus Görlitz. Er leitete in Jerusalem die Deutsche Abteilung der Jewish Agency und war zuständig für die finanziellen Angelegenheiten Else Lasker-Schülers.
- Shoshanna Heimann, die Bildhauerin, hat ebenso wie die Journalistin Alice Schwarz-Gardos Else Lasker-Schüler bei einer Veranstaltung in der von der Dichterin gegründeten Vortragsvereinigung „Der Kraal" erlebt.
- Paul Alsberg, Israels ehemaliger Staatsarchivar und ELS-Nachlassverwalter, stammte, wie die Dichterin, aus Elberfeld. Sie sind sich in Wuppertal nie begegnet. In Jerusalem hat er sie von weitem gesehen und von ihren Lesungen gehört. Die wenigen deutschen Juden in der Stadt, die sich hatten retten können, kannten sich untereinander. Alsberg mochte die Landsmännin anfangs nicht. Das hat sich ins Gegenteil gedreht, als er überraschend ihren Nachlass übernehmen und pflegen musste.

Die Identifikation mit einer idealisierten Persönlichkeit kann zum Selbstbetrug oder/und zur Legendenbildung führen. War Tino/Abigail/Jussuf die beispielhafte Pionierin der Performance? Oder nur exzentrisch und exaltiert? War sie assimiliert und antizionistisch oder nur liberale Jüdin? Oder war sie als Exilantin und als Deutsche eine Grenzgängerin zwischen Regionen und Religionen? „Ihr Dichtgeist ist schwarzer Diamant, der in ihrer Stirn schneidet und wehe tut. Sehr wehe", urteilt Peter Hille. Der zeitweilige Wegbegleiter und

Mentor von Else Lasker-Schüler, nannte sie „eine Sappho, der die Welt entzwei gegangen ist". Das lässt den Riss zwischen ihrer Phantasie und der Wirklichkeit ahnen. Sie selbst, „gestutzt vom böswilligen Leben", brachte das Widerspruchsvolle in eine Metapher: In der rechten Hand trage sie eine Sonnenblume, in der linken die Peitsche.

Die Meinungen über sie sind facettenreich. Sie sind eingeflossen in die folgenden Beiträge. Auch dafür bin ich meinen Zeitzeugen dankbar, frei nach dem Sprichwort „Wer den Acker pflegt, den pflegt der Acker".

– Hajo Jahn

Die Facettenreiche

Sie war klein, damals knabenhaft schlank, hatte pechschwarze Haare, kurz geschnitten, was zu der Zeit noch selten war, große rabenschwarze Augen mit einem unausweichenden, unerklärlichen Blick. Man konnte weder damals noch später mit ihr über die Straße gehen, ohne dass alle Welt stillstand und ihr nachsah: extravagante Röcke oder Hosen, unmögliche Obergewände, Hals und Arme behängt mit auffallendem unechtem Schmuck, Ketten, Ohrringen, Talmiringen an den Fingern.

So beschreibt Gottfried Benn seine Dichterkollegin. Er schildert jedoch Äußerlichkeiten, sagt nichts über ihre Rollenspiele mit wechselnden Identitäten als „Spielgefährte König Davids“ und „Nachkomme der Propheten“. Sie ist Indianer und Prinz, mal Königin und mal Kaiser. Dafür wird sie ebenso bewundert wie abgelehnt. Auch deshalb dürfte es bis 1975 gedauert haben, um erst 30 Jahre nach ihrem Tod in der Fremde eine der vielseitigsten deutschen Künstlerinnen mit einer Briefmarke zu ehren. 2019 folgte eine zweite Marke, was äußerst selten ist. Besonders, wenn sie Frauen und noch dazu Jüdinnen sind. Die erste Briefmarke zeigt ein Porträt Else Lasker-Schülers, die zweite einen Ausschnitt aus einer Zeichnung der malenden Dichterin aus Anlass ihres 150. Geburtstags. Vielleicht ist das ein spätes Dankeschön, denn die Reichspost hatte in der Vielschreiberin eine gute Kundin – eine phantasievolle Kundin, die ihre Briefe und Karten mit zahlreichen Namen unterzeichnete, darunter „Jussuf von Ägypten", „Tino von Bagdad", „Abigail", „Königin Esther", „Dichterin von Arabien" oder schlicht „Hieroglyph". Es ist eine wundersame Korrespondenz, in der Schrift und gezeichnete Bilder eine Symbiose eingehen, eine Wortschrift (so Ricarda Dick).

Gestorben ist sie am 22. Januar 1945 in Jerusalem im Alter von 76 Jahren. Mit 63 erhielt sie 1932 den Kleist-Preis, die damals höchste deutsche Literaturauszeichnung. Allerdings musste sie sich den Preis mit einem Mann teilen: Richard Billinger. Ihn kennen heute nur noch Literaturexperten.

Ein Jahr später bereits muss die Jüdin in die Schweiz flüchten. Fünf Jahre danach wird ihr auf Antrag der Geheimen Staatspolizei die deutsche Staatsangehörigkeit vom Reichsministerium des Innern aberkannt. Die Neue Zürcher Zeitung meldet am 30. September 1938 einspaltig: „Deutschland: Der Reichsanzeiger veröffentlicht eine neue umfangreiche Liste von Ausbürgerungen. Einschließlich der Familienangehörigen werden 184 Personen aufgezählt. Unter ihnen befindet sich der Schriftsteller Walter Hasenclever und die Schriftstellerin Else Lasker-Schüler."

1939 verweigert die Schweiz, die mit dem Deutschen Reich Geschäfte macht, der deutsch-jüdischen Künstlerin ein Einreisevisum für die Rückkehr. Ihre letzte Reise nach Palästina ist eine Reise ohne Wiederkehr. Der Zweite Weltkrieg beginnt.

Längst gilt sie als eine der bedeutendsten Dichterinnen, als Avantgardistin der Moderne und Radikalste unter den Radikalen in einer Zeit des künstlerischen Auf- und Umbruchs. Gesegnet mit vielen Talenten war die Lyrikerin, Essayistin, Romanautorin, Dramatikerin, Journalistin und Karikaturistin auch eine Poetin der Zeichenfeder.

Bis heute lässt sie sich in keine Schablone pressen. Anfangs konnte sie sich nicht entscheiden, welcher der „Schönen Künste" sie sich ganz zuwenden sollte. Bezeichnenderweise trägt ihre erste Zeichnung aus dem Jahr 1900 den Titel „Die lyrische Missgeburt". Noch immer kennen viele Menschen sie nur

Die lyrische Mißgeburt, 27.4.1900

als Dichterin. Ihr bildnerisches Werk verschwand lange hinter ihrer Literatur, weil es nach ihrer Emigration in Vergessenheit geraten war.

Für Benn war sie „die größte Lyrikerin, die Deutschland je hatte". Auch wenn er damit recht hat: es war für den einstigen Nazi-Sympathisanten 1952 eine Weißwaschrede so kurz nach der Befreiung und Entnazifizierung. Der Schweizer Dramatiker Friedrich Dürrenmatt feierte Else Lasker-Schüler als Retterin der deutschen Sprache in barbarischer Zeit. Der Dichter Erich Fried nannte sie einen „Germanistenschreck". Franz Kafka hielt sie für eine Alkoholikerin. Dem Österreicher Karl Kraus galt sie als „die größte unwegsamste Erscheinung des modernen Deutschlands".

Kein Wunder, dass bis jetzt mehr als 450 Komponisten ihre Lyrik vertont haben. Ihre Gedichte sind geschriebene Musik. Junge Leute stellen Videos zu und über Else Lasker-Schüler ins Internet. Sie wird gefeiert als erste „Performerin" – wenn man(n) diesen Begriff verwenden will. In Teilen der Schwulen- und Lesbenszene ist sie Kult, bei den Linken wird sie seit ihrem Antikriegsroman „Der Malik" als Pazifistin wahrgenommen.

Unter Künstlern gilt sie bis in die Gegenwart als zeitlos und wird wegen ihrer Kreativität bewundert. Ihre Texte werden in Germanistikseminaren behandelt, Schulen sind nach ihr benannt, Straßen in der Schweiz, in Jerusalem, Wuppertal und – nach langen Kämpfen – auch in Berlin, wo sie den größten Teil ihres Lebens zugebracht hat. Ein Intercity-Zug der Bundesbahn von Berlin nach Basel trug zeitweise ihren Namen.

Doch wer war Else Laser-Schüler wirklich? Wo war sie zu Hause?

Fakt ist: sie war die Tochter des Handelsagenten und späteren Privatbankiers Aron Schüler und seiner Ehefrau Jeanette. Als 50-Jährige beschreibt sich die längst berühmte Künstlerin in Kurt Pinthus' Lyrik-Anthologie *Menschheitsdämmerung* (als einzige Frau unter Männern) mit den Worten:

Ich bin in Theben (Ägypten) geboren, wenn ich auch in Elberfeld zur Welt kam im Rheinland. Ich ging bis elf Jahre zur Schule, wurde Robinson, lebte fünf Jahre im Morgenlande, und seitdem vegetiere ich … In Gedanken im Himmel, betreue ich die Stadt Theben und bin ihr Prinz Jussuf. Meine Bücher laufen so herum und werden einmal im Meer ertrinken. Früher habe ichs manchmal nicht geglaubt, jetzt aber weiß ich es; ich bin die Else Lasker-Schüler – leider.“

Dass sie „Else Lasker-Schüler – leider“ – war und so gern ein „Prinz von Theben“ sein wollte, zeigt den lebenslangen Widerspruch in ihrem Wesen. Sie war zugleich Träumerin und Traumdeuterin, heißt es im *Marbacher Magazin 71* der Deutschen Schillergesellschaft, das sich auf fast vierhundert Seiten mit der Künstlerin befasst.

Die Sekundärliteratur über ELS ist schier unüberschaubar. Der Suhrkamp Verlag hat sie mit einer gewichtigen Gesamtausgabe gewürdigt, was selten ist für Dichterinnen, zumal wenn sie Jüdinnen und Exilantinnen sind. Einige ihrer Gedichte stehen in Schulbüchern, Lexika und Rankinglisten. Nach ihr wird in Kreuzworträtseln gefragt. Schreibwettbewerbe befassen sich mit ihr. Trotzdem ist sie einem breiten Publikum immer noch relativ fremd – wie so viele Schriftsteller, die von den Nazis ins Exil verbannt wurden. Das „Dritte Reich“ wollte mit Zensur, Bücherverbrennungen und Vertreibung die Namen der Besten aus unserer Kultur und aus dem Gedächtnis der Nation streichen. Im Fall von Else Lasker-Schüler ist es nicht gelungen.

Gleich mehrere Biographien wären da zu nennen, vor allem die der Germanistikprofessoren Sigrid Bauschinger, Jakob Hessing und Erika Klüsener sowie von den Journalistinnen Kerstin Decker und Meike Feßmann. Oder das Werkverzeichnis der Lasker-Schüler-Bilder, herausgegeben von Ricarda Dick. Zahlreich sind die Dissertationen über sie, unzählig die Zeitungsartikel und Radiofeatures. Trotzdem: Wer die Daten ihres Lebens und ihrer Dichtung in ein schlüssiges Koordinatensystem zu bringen hofft, sieht sich enttäuscht, meint Jakob Hessing, der sich in Deutschland und Israel intensiv mit ihr befasst. Als deutscher Israeli, geboren in einem KZ-Außenlager, hat er sich einfühlsam in sie hineinversetzen können. Die jahrtausendealte Verfolgungsgeschichte des jüdischen Volkes macht diese Einfühlsamkeit aus. Doch selbst für ihn ist Else Lasker-Schüler schillernd und wenig fassbar.

Elberfeld ist erklärtermaßen ihre Heimat. Dennoch gleicht es einer Flucht, als sie 1894 eine (erste) Ehe eingeht. Bereits wenige Monate nach der Heirat verlässt sie die räumliche und geistige Enge der puritanisch-pietistischen Stadt an der Wupper. Das Paar zieht nach Berlin. Dort geschieht die Metamorphose. Doch zunächst ist der spätere bunte Schmetterling noch eine brave, „anständige" Frau. Eine „große Liebe" zu dem Arzt Jonathan Berthold Lasker dürfte die nach wenigen Jahren geschiedene Ehe nicht gewesen zu sein. Der einzige Sohn war nach eigenem Bekunden nicht vom Ehemann, sondern ein Wunschkind von einem anderen Herrn.

Ihm, dem geheimnisvollen Erzeuger von Paul, widmet sie das temperamentvolle Gedicht „Viva" mit der Zeile: *Ich folge Dir ins Land der Sünde …*

Angeblich war er ja ein Prinz aus Griechenland. Oder doch eher Spanien? Genauer: aus Andalusien, wenn man ihrem Gedicht „Die schwarze Bowanéh" folgt:

Meine Lippen glühn
Und meine Arme breiten sich aus wie Flammen!
Du mußt mit mir nach Granada ziehn
In die Sonne, aus der meine Gluten stammen …
Meine Ader schmerzt
Von der Wildheit meiner Säfte,
Von dem Toben meiner Kräfte.

Granatäpfel prangen
Wie die heißen Lippen der Nacht.
Rot, wie die Liebe der Nacht!
Wie der Brand meiner Wangen.

Auf dem dunklen Schein
Meiner Haut schillern Muscheln auf Schnüre gezogen.
Und Perlen, von sonnenfarb'gem Bernstein
Durchglühn meine Zöpfe wie Feuerwogen.
Meine Seele bebt,
Wie eine Erde bebt und sich aufthut
Dürstend nach Luft! nach säuselnder Flut …

Heiße Winde stöhnen
Wie der Odem der Sehnsucht …
Verheerend, wie die Qual der Sehnsucht …
Und über die Felsen Granadas dröhnen
Die Lockrufe der schwarzen Bhowanéh!

Der „Ehebruch“ und das Wunschkind vom Nicht-Ehemann könnten ein Grund sein, warum sie trotz breiter Anerkennung bei manchen Männern – und nicht nur bei Antisemiten – auf Ablehnung stößt und warum sich die Geister bis heute an ihr scheiden. Dennoch gilt, vor allem bei Frauen, für Else Lasker-Schüler und ihre gesamte Kunstpalette ganz explizit, was Pablo Picasso über Maler-Kollegen gesagt hat; nur sollte in dem Zitat das Wort „Intelligenz“ durch „Phantasie“ ersetzt werden: „Es gibt Maler, die die Sonne in einen gelben Fleck verwandeln. Es gibt aber auch andere, die dank ihrer Kunst und Intelligenz einen gelben Fleck in die Sonne verwandeln können.“

Der Weg von Elberfeld nach Jerusalem war selten sonnig. Er führte sie über Länder und Kontinente. Die Lebensjahre von 1869 bis 1945 stecken den Zeitraum ab, in dem das Deutsche Reich gegründet wurde und zugrunde ging. Wenn sich die Dichterin hinter poetischen Masken wie „Jussuf“ oder „Tino von Bagdad“, „Indianerin“ oder „Blauer Jaguar“ und vielen anderen versteckt, so sind diese Mystifikationen laut Jakob Hessing zugleich „Symptome“ einer Welt, in der das Leben nur verkleidet ertragen werden kann. Aus einer Kulturnation wandelt sich Deutschland in einen machtbesessenen Nationalstaat, schließlich zum mordenden Monster. Else Lasker-Schüler erkennt dies hellsichtig in ihrem in Jerusalem geschriebenen, letzten, wichtigsten und geradezu genialen Theaterstück *IchundIch*.

Im „Hebräerland“ kehrt sie lyrisch zu ihren jüdischen Vorfahren zurück. Doch es ist nicht wie bei der Heimkehr des verlorenen Sohns. Ihr Volk ist kein Schoß, der Geborgenheit und Sicherheit bieten kann: *Der Fels wird morsch, Dem ich entspringe …*

Umbrandet von der Realität, schafft sich Else Lasker-Schüler ihren eigenen Kosmos aus syrisch-ägyptischen, griechischen, jüdischen, christlichen und sogar indianischen Bildern. Als „Prinz von Theben" verteidigt sie ihr Phantasie-Reich gegen die Anforderungen des Alltags. Nach Ansicht ihres Jerusalemer Biografen Jakob Hessing dienen diese verschiedenen „Alter Egos" dem Selbstschutz. Die Dichterin leidet unter Antisemitismus, mehr noch aber oft unter bitterer Armut. Die gehört untrennbar zu ihrem Künstlertum, das in Berlin beginnt:

Else Lasker-Schüler, deutsche Jüdin in einem lebensgefährlichen Umfeld, rettet sich dichtend in einen Traum, der mit der Wirklichkeit nicht mehr übereinstimmt. Diese Wirklichkeit ist alles andere als traumhaft: nach der zweiten Ehescheidung ist sie ohne eigene Wohnung. Eine arme Poetin, glückloser „Prinz" und – Spielerin. Sie spielt mit Männern, macht sich einige Jahre jünger, spielt also mit Lebensdaten, mit Fakten und vor allem mit Wörtern.

Kein Wunder, dass ihr Lebensweg unordentlich, ihr Verhalten exzentrisch ist. So bewahrheitet auch bei ihr die Volksweisheit, dass wo Licht ist, bekanntlich auch Schatten sein muss. Die Malerpoetin war „eine Stachelbeere". Dieser Ausdruck fiel im Laufe der Jahre mehrmals von Zeitzeugen, die Else Lasker-Schüler kannten und mit mir über sie gesprochen haben. Da man über Tote nur Gutes sagen soll, zögerten meine Gewährsleute mit Schilderungen über „die Unbequeme". Doch es sind auch von anderen Zeitzeugen Überlieferungen bekannt, wie ruppig Else Lasker-Schüler mit Teilen ihres Publikums umging. Es grenzte an Mobbing, wenn sie nicht eher mit einer Lesung anfing, bis jemand, der ihr missfiel, den Raum verlassen hatte. Typisch ist ihre Reaktion, die im Beitrag „Die Elberfelderin" von der Lesung am 22. Oktober 1912 in ihrer Heimatstadt geschildert ist. Da verbannte sie unangenehme Zuhörer aus dem Saal mit den Worten: *Ich bitte um Ruhe, ich lese hier das Allerfeinste vor. So geht das nicht weiter, ich bin das anders gewöhnt. Wünschen Sie, das ich weiterlese?*

Der Autor Manfred Vogel begegnete der Dichterin in Jerusalem zum ersten Mal um 1940, als sie einen Mann ohrfeigte. Aber: „Sie konnte zum Beispiel einen jungen Schuhputzer oder lumpensammelnde Kinder zärtlich mit Naschwerk traktieren und so manchen Prominenten umstandslos mit ‚Dummer Junge' anreden. Ich habe sie im Verlaufe jener Jerusalemer Jahre geschlagene fünf Ohrfeigen verabreichen sehen: Eine bekam ein zudringlicher Nachbar am Schuhputzerstand, eine weitere ein parkender Chauffeur (für seine berufstypischen Flüche), die dritte eine unfreundliche Kellnerin, die vierte eine Dame aus der vornehmsten Gesellschaft, die es bei einer ungebeten der Dichterin erteilten Hilfeleistung an rudimentärstem Feingefühl hatte fehlen lassen, und die fünfte schließlich ein gutmütiger Passant, der der jämmerlich abgerissen herumlaufenden Frau – sie trug damals stark ramponierte Männerhosen – eine Kupfer- oder Nickelmünze in die Hand drücken wollte, offenbar nicht im Besitze eines geschärften Unterscheidungsvermögens."

Die Facettenreiche schrieb mindestens fünfhundert Gedichte, drei Theaterstücke, mehrere Romane, Essays und plante Filme, deren Realisierung der Jüdin versagt blieben. Die Nazis hatten im Land Preußen bereits das Sagen, bevor sie im ganzen Reich an die Macht kamen.

Wie bei nur sehr wenigen Künstlern lässt sich über sie behaupten: Werk und Leben waren gelebte Kunst, waren ein Gesamtkunstwerk. Dieser oft strapazierte Begriff, hier stimmt er.

So fasziniert sie bis heute:

In Weißrussland touren Galina und Boris Wajchanski mit ELS-Lyrikvertonungen durch die Konzertsäle. In den USA lud die Penn State University 1995 im 50. Todesjahr zu einem internationalen ELS-Symposium ein. In Prag las Dichterpräsident Vaclav Havel 2004 „Schülerová"-Übersetzungen („Moje Zázraky"), und in Palermo sang der Bühnenstar Milva italienische Übersetzungen der „Poetessa tedesca". In Peking veranstaltete eine Universität 2008 für ihre Germanistikstudenten Workshops über die Dichterin. In Meran stand im Mai 2018

„Verscheucht", ein Bühnenwerk über Else Lasker-Schüler, auf dem Spielplan des Theaters; in Zürich, bei der Uraufführung 2006, spielte der Filmstar Hanna Schygulla die Dichterin. In Polen wurde ein kleines Schulbuch mit Übersetzungen ihrer Gedichte herausgegeben.

Die Schauspielerinnen Angela Winkler, Corinna Harfouch und Nina Hoger haben eigene Lasker-Schüler-Programme im Repertoire. Sogar ein Himmelskörper, der „Asteroid 20074", wurde nach ihr benannt.

Ihre Poeme gehören zu den schönsten Liebesgedichten deutscher Sprache.

Heimlich zur Nacht

Ich habe dich gewählt
Unter all den Sternen.

Und ich wach – eine lauschende Blume
Im summenden Laub.
Unsere Lippen wollen Honig bereiten
Unsere schimmernden Nächte sind aufgeblüht.

An dem seligen Glanz deines Leibes
Zündet mein Herz seine Himmel an.

Alle meine Träume hängen an deinem Golde
Ich habe dich gewählt unter all den Sternen.

Die Elberfelderin

Früher habe ich es manchmal nicht geglaubt, jetzt aber weiß ich es; ich bin die Else Lasker-Schüler – leider. Auf meinem Geburtsschein steht noch immer Gold-Else; aber ich bin nicht zu versetzen.

Nach eigenen Angaben ist sie 1876 geboren worden. Sie behauptet, die Vorfahren seien Weinbauern, spanische Adlige, Bauherren, Oberrabbiner und – natürlich – Dichter gewesen. Ihr Geburtsschein bestätigt die Hausgeburt in der Elberfelder Herzogstraße 29. In der Geburtsanzeige der „Elberfelder Zeitung“ steht: „Durch die heute Nacht erfolgte Geburt eines Mädchens wurden sehr erfreut A. Schüler u. Frau. Elberfeld, den 11. Februar 1869“. Als reife Frau verschweigt dieses Mädchen 1935 in einem Brief an den Schweizer Psychiater Dr. Ludwig Binswanger das Jahr ihrer Geburt, anderseits gibt sie die genaue Uhrzeit an und den Ort: *Da ich geboren bin zu Elberfeld im Wuppertal. Um 1 Min. vor 12 oder nach 12 Mitternacht.* Dieses Elberfeld hat sie geprägt für ihr ganzes Leben. Auch in ihrer Kunst: „Bange Jahre gegoren, floß die Wupper durch das Gewölbe meines Herzens aus dunkler Erinnerung gepreßt.“

Noch heute wird viel gerätselt über die Künstlerin, die ihrer Geburtsstadt ein Leben lang verbunden bleibt, einer Stadt ohne musischen Charme, wo das Kontobuch neben der Bibel liegt, pietistisch, voller (vor allem evangelischer) Kirchen und Sekten.

Vater Aron Schüler stammt aus Geseke in Westfalen, sein Vater war Fuhrunternehmer und Bankier. Die Mutter Jeanette Kissing war die Tochter eines Weinhändlers aus Kissingen.

Ihr „Elsken“ ist von sechs Kindern das Nesthäkchen. Aus der Elberfelder Innenstadt zieht die Familie in das vornehmere „Briller Viertel“ am Fuße der „Kaiserhöhe“. Mutter Jeannette veranstaltet dort im gutbürgerlichen Haus Sadowastraße Nr. 7 Lesungen. Davon angeregt, beginnt das Mädchen Elisabeth zu reimen und ihr Zeichentalent zu üben: *Mit fünf Jahren dichtete ich mein erstes Buch; es erschien in einer Auflage von 30000 Stück bei Ullstein. Seitdem leiste ich nichts mehr. Ich soll furchtbar frech sein. Wenn ich nur wüßte, ob ich einen guten Charakter habe!*

Die frühe Kindheit bei den Eltern ist eine Zeit der Geborgenheit. „Unsere Zimmer haben blaue Wände." Haus, Garten und die nahe „Kaiserhöhe" sind Traumwelten, wie sie in ihrem Buch „Konzert" schildert: *Ich war die Jüngste und durfte immer neben meiner angebetenen Mama sitzen, die mir heimlich eine Zuckerfreude ins kleine karierte Kleidertäschchen steckte. Ich fühlte mich wie das ewige Leben neben ihr, die mich zur Welt gebracht hatte ... Wir wohnten am Fuße des Hügels. Steilauf ging's von dort in den Wald. Wer ein rotes, springendes Herz hatte, war in fünf Minuten bei den Beeren. Sonntags kamen ganze Familien vom Berge gestiegen an unserem Hause vorbei.*

Außerhalb des Hauses gibt es Antisemitismus und Luftverschmutzung. Diese Welt beschreibt sie später realistisch und romantisierend zugleich: *Dem Wuppermenschen, der der Schornsteinballade entronnen zu sein glaubt, zeigt die Erinnerung immer wieder verzaubert die Heimat. Rußwolken steigen, finstere Botschaften gespenstiger Drachen auf zur Höhe. So oft spazierten meine Mutter und ich, Hand in Hand die Sadowastraße steil bergauf bis in die laubige Feier; die Bäume rauschten dann so froh und grün.*

Vater Aron Schüler war mit 30 Jahren aus Westfalen ins rheinische Elberfeld übersiedelt. Er eröffnet mit Abraham Grünebaum ein Manufakturwarengeschäft, das er bald um eine Bank zur Einwechslung ausländischer Kassenanweisungen erweitert. 1857 heiratet er in Frankfurt Jeanette Kissing. Sie dürfte er bei einem Verwandten kennengelernt haben, bei Leopold Sonnemann, der später die Frankfurter Zeitung (FAZ heute) gründet.1858 kommt in Elberfeld Sohn Alfred Jacob zur Welt. Es folgen rasch nacheinander Maximilian Moritz (1859), Paul Carl (1861), 1862 Martha Theresia (1862) und ein Jahr später Annemarie/Anna. Dreizehn Jahre später wird die jüngste Tochter Elisabeth (Else) geboren, das „Nesthäkchen".

Das Bankhaus Aron Schüler ist mit zwei Räumen und einem Angestellten eher bescheiden. Der Wohlstand wächst, als der Vater ins Immobiliengeschäft einsteigt. Die Schülers verfügen an der damals neu angelegten, steil bergauf führenden Sadowastraße über ein repräsentatives Haus mit Dienstmädchen und Köchin. Die drei Söhne können auf ein renommiertes Internat in St. Goarshausen geschickt werden.

Else Lasker-Schüler schildert ihren Vater als witzigen Erzähler mit eher kindlichem Gemüt. Er soll sie mit ihren Freundinnen zum Schulschwänzen verleitet haben. Ihre Phantasie wurde angeregt durch illustre Gäste aus dem Theater und üppig dekorierte Karnevalsbälle im gastlichen Elternhaus. Angeblich trug Aron Schüler die ersten Gedichte seiner Tochter auf Zetteln in der Jackentasche mit sich herum. Sie schildert ihn später in der Erzählung „Die rote Katze“: *Nie war Windstille in seinem Herzen, darum eben umging er der Schule trockene Lektion. Was nicht mit ihm wild aufwachsen wollte, ihm in den Mund geflogen kam oder in seine beiden Ohren, kümmerte ihn wenig. Das ABC lag eines Abends in seiner Muke, sogar aus süßem Teig gebacken. Er konnte auf einmal lesen und schreiben. Muke nannten er und seine zweiundzwanzig Geschwister das Versteck, in das sich jedes der Kinder seine Äpfel und Birnen und Nüsse und Zuckersachen bewahrte. – Rechnen verstand mein Vater in seinen spätesten Jahren noch nicht, – darum wohl rechnete niemand in der Stadt ernstlich mit ihm ab. Darum blieb ihm das System der Uhr bis zu seinem Tode ein Rätsel[…] So zählte ihn nie jemand zu den Erwachsenen.*

Noch prägender wurde für Else Schüler aber die Mutter. Durch sie lernte das Mädchen Literatur kennen, vor allem Lyrik. Bewundert wurde Goethe. Ein Brief von ihm war sorgsam gehüteter Familienschatz. Besonders verehrt wurden zudem der ungarische Dichter und Revolutionär Sándor Petöfi sowie Napoleon. In diesem Umfeld regte Jeanette Schüler ihr begabtes Nesthäkchen zum Reimen an: *Einwortsagen, nannten wir geheimnisvoll ein Spiel, das meine Mutter, eine Weile wenigstens, von meinen Quälereien befreite […] Meine Mutter rief wichtig ‚Schokolade‘ und ich erwiderte ein sich darauf reimendes Wort. Meine Mutter: ‚Tinte‘ ‚Finte‘ (Flinte), ‚Paul‘, ‚faul‘! bis mein viel älterer Bruder, der mir seiner Herbheit wegen imponierte und ich ihn darum wohl auch ‚Mann‘ nannte, sich einmischte, auf das Wort ‚hoch‘, das ungeschickt reimende Wort ‚Koch‘*

Jussuf modelliert seine Mutter, um 1920

wählte und ich zu ersticken drohte vom dumpfen Schall der Paarung, ja geradezu außer mir geriet, vom Knie meiner besorgten Mutter wild auf den Teppich purzelte. Ich zählte zwei Jahre.

Auch ihr absolutes metrisch-dichterisches Gehör will die kleine Else von der Mutter durch ein Spiel gelernt haben: *Ich legte Knopf an Knopf, je vier oder fünf, ebenmäßige Reihen in Zwischenräumen auf den großen Tisch und führte dann mein klein Fingerchen über die Knopfreihen der abgeteilten Knopfstrophen. Wenn ich dann durch die Unregelmäßigkeit der Knopfgrößen mit der Fingerspitze stolperte oder gar mit dem ganzen Finger abglitt, schrie ich laut auf, genau wie ich mich heute körperlich verletzt fühle, durch einen Vokal oder Konsonanten, der Störungen im Maß oder Gehör undefiniert verursacht.*

So schildert sie sich selbst als angeblich Zweijährige in der Streitschrift *Ich räume auf!* In ihrem Palästinabuch *Das Hebräerland* heißt es dazu: *Der häusliche Unterricht bedeutete mir eine Spielerei; aber eine Belohnung, saßen wir beide, meine allerbeste Freundin, meine junge schöne Mama und ich nebeneinander beisammen am Rosenholztisch und dichteten. Ach sie bewunderte mich unausgesetzt; ich war so stolz, vertraute ihrem Urteil und es gelang mir der schwierigste Vers, da ich meine Dichtung in ihrem Schoß aufbaute.*

1890, als Elisabeth elf Jahre alt ist, stirbt ihre Mutter. Ihr widmet sie später innige Gedichte.

Meine Mutter

War sie der große Engel,
Der neben mir ging?

Oder liegt meine Mutter begraben
Unter dem Himmel von Rauch –
Nie blüht es blau über ihrem Tode.
Wenn meine Augen doch hell schienen
Und ihr Licht brächten.

Wäre mein Lächeln nicht versunken im Antlitz,
Ich würde es über ihr Grab hängen.

Aber ich weiß einen Stern,
Auf dem immer Tag ist;
Den will ich über ihre Erde tragen.

Ich werde jetzt immer ganz allein sein
Wie der große Engel,
Der neben mir ging.

1892 stirbt Lieblingsbruder Paul. Die Gräber von Mutter und Bruder befinden sich auf dem Jüdischen Friedhof an der Weißenburgstraße in (Wuppertal-) Elberfeld. Ebenfalls die Ruhestätte des 1897 gestorbenen, von Else bewunderten Vaters, den sie den „Eulenspiegel von Elberfeld“ nennt und über den sie auf Plattdeutsch schreibt: „Eck sie jo sing Doochter“.

Elberfeld ist damals das „deutsche Manchester“ mit Textil- und Chemieindustrie. Hier hat der Weltkonzern Bayer seine Wurzeln. In seinem Stammwerk werden das Aspirin und die Sulfonamide entwickelt. Entdecker Gerhard Domagk wurde für dieses Antibiotikum 1937 mit dem Nobelpreis für Medizin geehrt, den er während des Dritten Reichs nicht entgegennehmen durfte.

Elberfeld, das 1929 mit Barmen und anderen Gemeinden zur Stadt Wuppertal vereinigt wurde, gilt als die Apotheke Europas. Mit dem Schauspiel *Die Wupper* setzt Else Lasker-Schüler ihrer Geburtsstadt ein Denkmal. Die Geographie gestaltet sie nach Gutdünken um, nennt die Nordstadt „Marienstadt“ und macht Elberfeld zur „Inka-Stadt am Strand der Nordsee … eine seltsame Stadt, schwarz vor Romantik und Geschehnissen und Umhertreibern aller Art.“

Die Spiele ihrer Elberfelder Kindheit setzt sie als Erwachsene mit ihrer Manie der phantastischen Namensgebungen fort. Ein Spiel mit Verkleidungen und Maskierungen, selbst erfundenen Identitäten und Namen, die ihr passender erscheinen als die standesamtlichen. Sie begründet das in einem Brief an den österreichischen Autor Karl Kraus so: *Jedenfalls liebe ich nach meiner Sehnsucht die Leute alle zu kleiden, damit ein Spiel zu Stande kommt [...] Spielen ist alles.*

Fälschlicherweise wird ihr immer wieder das Zitat zugeschrieben: „Am schwärzesten Fluß der Welt, der Wupper, erkennt man, welche Menschen leuchten". Der Satz ist aus verschiedenen Veröffentlichungen und aus dem Internet herausgeklaubt. Tatsächlich soll er aus einem Gedicht stammen, das der evangelische Theologe Rudolf Bohrer (1920-2010) Else Lasker-Schüler gewidmet hat und als Titel den Namen der Dichterin trägt.

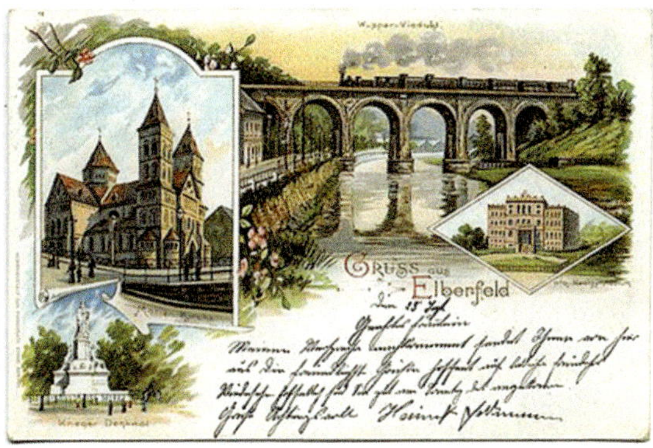

Postkarte Alt Elberfeld

Mag auch das schöne Zitat nicht von ihr stammen, so ist doch die folgende Episode belegt: Umhertreibern gleich ziehen drei Gestalten am 27. Juli 1910 durch Elberfeld: Else Lasker-Schüler mit dem damals ungewöhnlichen Kurzhaarschnitt, ein hagerer Mann mit Stirnglatze und langem Mantel wie in einem Italowestern von Sergio Leone (Herwarth Walden) und ein Künstlertyp mit spitzen gelben Schuhen (Oskar Kokoschka): Das Trio wirft den „Sturm" in Briefkästen, um für die bekannteste expressionistische Zeitschrift zu werben. Die wenigen heute noch erhaltenen Exemplare werden teuer gehandelt; damals landeten die meisten wohl im Elberfelder Abfall.

Else Lasker-Schüler klagt später: *Keiner hat mich wiedererkannt.* Ihre Eindrücke vor Ort aber formuliert sie freundlich:

Elberfeld im 300-jährigen Jubiläumsschmuck.

Lott es doot, Lott es doot, Liesken leegt om Sterwen, dat es god, dat es god, gäwt et wat tu erwen. – Ich bin verliebt in meine buntgeschmückte Jubiläumsstadt;

das rosenblühende Willkomm gilt mir, denn ich bin ihr Kind, die flatternden Fahnen auf den Dächern, aus den Fenstern winken mir zu, lange Rotschwarzweißarme, die mich umfangen wollen. Ich bin in Elberfeld an der Wupper in der Stadt der Schieferdächer. Hohe Ziegelschornsteine steigen, rote Schlangen herrisch zur Höhe, ihr Hauch vergiftet die Luft. Den Atem mußten wir einhalten, kamen wir an den chemischen Fabriken vorbei, allerlei scharfe Arzeneien und Farbstoffe färben die Wasser, eine Sauce für den Teufel …

Die Wupper wird in ihrem ersten Theaterstück verewigt. Die „Arbeiterballade" schildert Sexualität, Klassenunterschiede und Umweltbelastungen durch die Firma Bayer, die später mit der Konzernzentrale und Teilen der Produktion nach Leverkusen geht, wo die Wupper in den Rhein mündet.

Else Lasker-Schüler ist stolz auf die Schwebebahn, „ein Eisengewinde, ein stahlharter Drachen, wendet und legt sich mit vielen Bahnhofköpfen und sprühenden Augen über den schwarzgefärbten Fluss."

Trotz dieser Heimatverbundenheit lehnte sie zunächst eine Einladung ab, in ihrer Geburtsstadt aufzutreten. Dann aber gab sie doch am 22. Oktober 1912 eine Lesung im „Kaiser-Saal" der Historischen Stadthalle. In der Ankündigung des „Täglichen Anzeigers" hieß es am 20. Oktober 1912: *Diese nun in Berlin wohnende Elberfelder Dichterin ist eine sehr markante Erscheinung in der modernen Dichtung, einerseits verehrt, andererseits viel angefochten. Dem Wuppertal ist sie treu anhänglich geblieben; ein lebhaft kritisiertes Drama, aus dem ein Akt rezitiert wird, führt den Titel ‚Die Wupper'. Die Dichterin hat als Vortragskünstlerin sehr gute Kritik gefunden; sie spricht in verdunkeltem Saale.*

Die Vorankündigung im „General-Anzeiger" am 21. Oktober 1912 versprach dagegen nichts Gutes: *Die literarische Gesellschaft beginnt ihre Veranstaltungen am morgigen Dienstag mit einem Vortragsabend von Else Lasker-Schüler aus Berlin. Man schreibt uns dazu: Die Dichterin ist Elberfelderin und bekannt als Vertreterin der modernsten Richtung. Ihre Lyrik ist rücksichtslos bezüglich des Inhalts und benutzt neue Begriffe; in ihrer Seltsamkeit wirkt sie für viele befremdend.*

Bei so viel Voreingenommenheit fiel die Rezension im „General-Anzeiger" vom 24. Oktober 1912 entsprechend aus:

Literarische Gesellschaft, Elberfeld.

Der erste Abend des diesjährigen Zyklus war eine Sensation. Else Lasker-Schüler, eine geborene Elberfelderin, erschien vor dem durch allerhand phantastische Gerüchte herbeigelockten Publikum. Der Kaisersaal der Stadthalle war verdunkelt. Auf dem Lesepult breitete sich das kostbare indische Tuch der Dichterin aus, und hinter dem Pult stand sie, die Sechsunddreißigjährige, in der Nacht ihres Kleides und strähnigen Kurzhaares. Ihr Gesicht ist von einer orientalischen Sinnlichkeit, ihr Körper hat etwas Schlangenhaftes. Und nun las sie; ihr eigentümliches, monoton in gleicher Tonhöhe schwebendes Organ füllte den nur halbbesetzten Saal. Grelle Verzückungslaute durchschnitten hier und da diesen eintönigen Fluß ihrer Rede, und oft mündete er in einen schrillen Trompetenstoß, der ein Gedicht jäh und unerwartet abschloß. Das Publikum war starr vor Staunen, bis es sich der Wirklichkeit erinnerte und kopfschüttelnd, lachend und schwatzend dasaß oder – verschwand. Ein solcher Empfang mußte den geladenen Gast empören. Frau Lasker-Schüler schlug dann plötzlich einen anderen Ton an und sagte: ‚Ich bitte um Ruhe, ich lese hier das Allerfeinste vor. So geht das nicht weiter, ich bin das anders gewöhnt. Wünschen Sie, das ich weiterlese?‘ Zaghaftes Händeklatschen war die Antwort. Ich muß gestehen, die Mitglieder der Literarischen Gesellschaft dürften doch mehr Selbstzucht und Achtung zeigen. Man kann diese ‚radikalste Vertreterin der modernen radikalen Lyrik‘ ablehnen und sie doch ruhig anhören. Eine hohe dichterische Kraft wohnt zweifellos in der seltsamen Frau. ‚Der Prinz von Marokko‘ und der ‚Tibetteppich‘ beweisen es. Auch in dem merkwürdigen Peter-Hille-Buch, eine Rhapsodie auf den wandernden und träumenden Derwisch aus Westfalen, finden sich Sätze, die von einer großen Beherrschung rhythmischer und musikalischer Ausdrucksmittel der Sprache und einer allerdings befremdenden Phantasie Zeugnis ablegen. Und doch! Unleugbar haftet den Poesien etwas Krankhaftes, Zersetzendes an. Die Nebel des Symbolismus und Mystizimus und eine starke Sinnenlust flattern wirr durch die Verszeilen. Der Hang zum Absonderlichen, Unnatürlichen, ja Häßlichen wird die meisten abgestoßen haben. Eine Dramatikerin ist E. L. Sch. nicht, wie der erste Akt des Schauspiels ‚Die Wupper‘ zeigte.

Das in allen Zeitungsberichten geschilderte Verhalten eines Teils des Publikums erzürnt die Dichterin. Auf dem Briefpapier ihres Hotels, des „Kaiserhofs", schreibt sie einen geharnischten Leserbrief:

Else Lasker-Schüler bittet die geehrte Redaktion folgendes zu berichten:

Am Dienstag sprach ich als Gast der literarischen Gesellschaft im Kaisersaal der Stadthalle. Eine geschulte Zuhörerschaft erwartet nur der Dichter, der noch nicht zum zweiten Mal zu der Menge gesprochen hat. (Ich spreche vom Dichter – nicht vom Dillettant). Selten geschieht das Wunder, daß Wort und Aufnahme eins werden, daß – Publikum, ‚Orchester' dem Redenden wird. Es gehört zu jedem Kunstgenuß ein frommes Ohr – denn wahre Kunst ist ewig, ob sie von heute oder von damals ist. Welcher Dillettant hat das Wort modern erfunden! Was wertvoll ist – bleibt bestehn.

Ich habe in den Hauptstädten der Welt solch einen Beifall geerntet, daß ich diese Katastrophe wie eine Groteske betrachten würde, hätte sie sich nicht in meiner Heimat begeben, die ich in meiner Erinnerung verherrlichte. Ich machte meiner Heimat mein Schauspiel Wupper zum Geschenk. Ihre Bewohner sollen sich ferner ihre Dilettanten herholen lassen von ihrem leitenden Volksschullehrer; denn zu Spießern gehören nun einmal Dilettanten.

Else Lasker-Schüler.

Dennoch hat dieses Erlebnis ihrer Heimatliebe keinen Abbruch getan. Einem Dada-Gedicht gibt sie den Titel „Elbanaff". Und in der Ulkiade „Der Kartoffelpuffer" bekennt sie sich bergisch-volkstümlich mit einer Vorliebe für das deftige Gericht:

In Köln, Ohligs, Düsseldorf, Neuß, Hamm, Dortmund, Coblenz, Neuwied wirkt das Nationalgericht geradezu elektrisch. Namentlich im Wuppertal, wo des Reibepfannekuchens Pfanne stand und in Elberfeld-Barmen die Butter der Welt erblickte. Ursprünglich wurde er in reiner Butter gebraten; heute noch ganz ohne Butter im ärmsten Viertel der Wupperstädte nicht. Das half and half hingegen beleidigt die Zunge des Wuppertaler Feinschmeckers.

All das ist PR, ist Werbung für die Schwebebahnstadt bis heute:

Immer fliegt mit Tausendgetöse das Bahnschiff durch die Lüfte über das Wasser auf schweren Ringfüßen durch Elberfeld weiter über Barmen …

Ähnlich poetisch erinnert sie an den „Laurentiustag“: *... dann hatten wir anderen Kinder auch frei, ‚die lutherischen und die semitischen Kinder‘, wie uns das Fräulein zu unterscheiden pflegte. Heute konnten wir wieder zugucken, wie sich die katholischen Mitschülerinnen versammelten auf dem Platz um die zweitürmige Kirche hinter den rauschenden Kastanienbäumen. Einer blühte fromm ... und die Lutherischen schienen zu Laurentius die Katholischen ganz gern zu haben; genau wie uns Juden am Passahfest wegen der Matzen. Alle Einwohner schienen auf den Beinen zu sein, nur der Karl Krall kam auf seinem ‚klugen Hans‘ auf dem Rücken seines Pferdes, das rechnen konnte.*

Heimweh

Ich kann die Sprache
Dieses kühlen Landes nicht,
Und seinen Schritt nicht gehn.

Auch die Wolken, die vorbeiziehn,
Weiss ich nicht zu deuten.

Die Nacht ist eine Stiefkönigin.
Immer muss ich an die Pharaonenwälder denken
Und küsse die Bilder meiner Sterne.

Meine Lippen leuchten schon
Und sprechen Fernes,

Und bin ein buntes Bilderbuch
Auf deinem Schoss.

Aber dein Antlitz spinnt
Einen Schleier aus Weinen.

Meinen schillernden Vögeln
Sind die Korallen ausgestochen,

An den Hecken der Gärten
Versteinern sich ihre weichen Nester.

Wer salbt meine toten Paläste —
Sie trugen die Kronen meiner Väter,
Ihre Gebete versanken im heiligen Fluss.

Die Berlinerin

Ich konnte nicht mehr in Berlin bleiben, da mich (Propagandaminister) *Goebbels drei Mal angegriffen hatte. Einmal im Radio, einmal in der Zeitung, und dann in einem kleinen Büchlein, das auf offener Straße verkauft wurde und mich schmähte in teuflischen Lügen …*, schreibt Else Lasker-Schüler im Dezember 1934. Da ist die 65-jährige Frau bereits im Schweizer Exil. Doch sie erinnert sich genau: *Mein Wirt sagte, er könne nicht länger mehr mich schützen, überall lauerten die Nazis auf mich.*

In der „kreisenden Weltfabrik" Berlin, wie Else Lasker-Schüler die Hauptstadt mit ihren Mietskasernen und Hinterhöfen nennt, hat die Künstlerin den größten Teil ihres Lebens verbracht, vier Jahrzehnte. Nirgendwo hat sie sich länger aufgehalten. Ohne Berlin wäre die malende Dichterin nicht das geworden, was sie wurde: Weltbürgerin und Gesamtkunstwerk. Sie hat in mehreren Stadtteilen Berlins gelebt. Einer Metropole aus ehemaligen 55 Dörfern.

Den Schriftsteller und Arzt Alfred Döblin verorten viele Leser seines berühmtesten und mehrfach verfilmten gleichnamigen Romans am Alexanderplatz. Für Else Lasker-Schüler aber ist Berlin ein Ganzes, mehr „Weltfabrik" als Häusermeer. Hier wird sie sozialisiert, politisiert und – mit heutigen Begriffen – auch fast so etwas wie eine Feministin.

Bei ihrer Ankunft im Frühjahr oder Sommer 1894 ist sie 25 Jahre alt und ist „Frau Doktor" mit dem Dienstmädchen Hedwig Grieger, das sie von der Wupper an die Spree mitbringt. Zunächst bezieht sie ganz bürgerlich mit ihrem Mann Dr. Jonathan Berthold Lasker eine Wohnung im Haus Brückenallee 16 in Tiergarten, wo er auch seine Arztpraxis für Haut- und Beinkrankheiten betreibt. Welch ein Kontrast: Elberfeld ist zwar eine Industriestadt, hat aber nur etwas mehr als einhunderttausend Einwohner und ist vergleichsweise überschaubar. „Man kennt sich." Berlin ist eine Weltstadt mit 1,6 Millionen Menschen und bereits entwickelter Elektrizität. Elberfeld ist Heimat, Berlin, das ist Lunapark mit Artisten, Feuerwerk, Blaskapellen, Opium, Jazz und einer lebendigen Kunstszene – ein Schmelztiegel für Glückssucher aus der Provinz.

Auch Elisabeth aus Elberfeld sucht eine Chance. Zunächst durch Zeichenunterricht beim Maler Simon (Simson) Goldberg, der mit ihrem Ehemann befreundet ist und Schüler von Max Liebermann war. Bevor die Patienten kommen erhält sie Malstunden in den Praxisräumen ihres Mannes. Darüber kommt es zum Streit zwischen den Eheleuten. Um dem abzuhelfen mietet Berthold Lasker für seine Frau ein Atelier ein paar Häuser weiter in der Brückenallee 22. Es ist, wie Jörg Aufenanger in seinem Berliner Else-Buch schreibt, „ein Freiraum, in dem sie zaghaft einen Ausbruch aus der Ehe wagen kann. Malend, zeichnend, fotografierend auch."

Doch so zaghaft war dieser Ausbruch aus der (Vernunft-)Ehe wohl nicht: Sie bekommt am 24. August 1899 ihr erstes und einziges Kind, den Sohn Paul. Das Wunschkind von einem ihr nie genannten Erzeuger kommt bei einer Demonstrationsgeburt vor Medizinstudenten in der Königlichen Frauenklinik an der heutigen Tucholsky-Straße zur Welt. Kostenlos. Ob der (mutmaßlich gehörnte) Gatte nicht bezahlen wollte oder weil sie zu stolz war, für die Geburtshilfe dessen Geld zu nehmen, darüber darf gerätselt werden. Erst zwei Monate später erkennt der Ehemann dieses Stiefkind Paul als seinen Sohn an. Der gemeinsame Haushalt wird aufgelöst. Die Ehe ist längst nur noch Schein. ELS erklärt die Ursache lyrisch: *Du tratest meine Seele tot / Und kehrtest in dein kaltes Sein zurück.*

Mit dem Baby – und zunächst noch mit dem Dienstmädchen – bezieht Else Lasker-Schüler eine Wohnung in Charlottenburgs Schlüterstraße. Danach reicht es nur für einen Kellerraum, der 75 Pfennige im Monat kostet. Sie aber dichtet: *Ich will in das Grenzenlose / Zu mir zurück ... um zu entfliehen. Meinwärts.*

Später, im Zürcher Exil, notiert sie in ihrem Tagebuch zwei kleine Prosa-Gelegenheitsgedichte:

Eines über Elberfeld, das zweite über Berlin:

Und einmal sah ich doch die Stadt,
in der ich einst geboren: Elberfeld an der Wupper.
Und unser Haus am Fuße des Walds.
Von seinem Turm erblickte ich verloren
Den Silberrhein bis in die Pfalz.
Nach meiner Heirat verliebte ich mich in Berlin:
Unter seinen Linden sass ich stundenlang
Selbst Möbelwagenräder fuhren auf dem Asphalt wie Gesang.
Wo bist du Friedrichstraße von Berlin?
Und du mein unvergeßner Tauentzien?
Die Scheidung meiner Ehe mir begreiflicher,
als meine Ausbürgerung gewaltsamer Scheidung.

Der andere Text ist eine etwas wehmütige Liebeserklärung an die Hauptstadt:

O wie mir die Scheidung nahe ging,
Von Berlin – viel näher wie ich wußte.
Denn ich liebte Berlin,
Unter Wilhelm und Auguste,
Rex und seiner Kaiserin.
O wie mir das nahe ging,
Ich verlor ein bißchen Puste,
Da ich auf das Ganze ging,
Mich verrannte in Berlin!
Und entfliehen mußte.
Im Wehzug in der Nacht.

Nach Schwangerschaft und Trennung aus der Vernunftehe mit Dr. Berthold Lasker beginnt der Ausstieg aus der Bürgerlichkeit. Sie lässt die für ihr bisheriges Leben geltenden Konventionen hinter sich. Motto: „Habe mein Leben der Kunst ganz gegeben." Vielleicht auch ein Leben der Lust, wenn sie erotische Gedichte schreibt wie „Eros", „Trieb", „Meine Schamröte", „Fieber" oder „Sinnenrausch" mit Zeilen wie diese: *Mein heißer Leib erglüht in einem Hauch … / … Ich folge dir ins Land der Sünde.*

Es ist die Zeit der Aussteiger und Lebensreformer. Sie treffen sich in der „Neuen Gemeinschaft“ und bei den „Kommenden“. Else Lasker-Schüler wird aufgenommen in der „Neuen Gemeinschaft“, wenn man so will eine frühe Kommune. Die Mitglieder zieht es in die freie Natur, an die Seen und in die Wälder rund um das Örtchen Friedrichshagen vor den Toren Berlins. Dieser „Orden vom wahren Leben“ zelebriert Weihefeste und Liebesmahle, veranstaltet Vorträge.

„Hinaus aus der Stadt“ will auch Else. Für den Philosophen und Kulturkritiker Walter Benjamin grenzt der Lebensstil der „Friedrichshagener“ an „ungesittetes Benehmen“. In der „Neuen Gemeinschaft“ lernt die frisch Geschiedene Persönlichkeiten kennen wie Rudolf Steiner, den Begründer der Anthroposophie, den jüdischen Religionsphilosophen Martin Buber, den Dichter Erich Mühsam und den Schriftsteller Gustav Landauer, aber auch andere für sie wichtige Männer: Johannes Holzmann, Peter Hille und Georg Lewin.

Rudolf Steiner, Herausgeber des *Magazins für Literatur* und der *Dramaturgischen Blätter* veröffentlicht einige Gedichte von Else Lasker-Schüler. Sie schreibt auch für *Die Revolution* und *Neue Jugend*. Sogar der *Simplicissimus* und die *Weltbühne* drucken ihre Lyrik.

Mentor Peter Hille

In der Neuen Gemeinschaft erlebt sie anfangs neben den Kontakten auch Geborgenheit und die in der Ehe entbehrte Liebe. Die ist ihr künftiges literarisches Thema: *Ich bin eine Liebesnatur.*

Peter Hille, der so genannte „Vagantendichter“, gilt als spätromantischer und naturalistischer Schriftsteller. Der Mann mit dem Petrusbart wird zu Else Lasker-Schülers Mentor. Sie verklärt ihn zum heiligen „St. Peter“, ihm widmet sie 1906 ihr erstes Prosabuch. Er nennt sie den „schwarzen Schwan Israels, eine Sappho, der die Welt entzwei gegangen ist."

Dem Pianisten, Autor und Komponisten Georg Lewin gibt sie den Künstlernamen Herwarth Walden, unter dem er erfolgreich und berühmt werden wird als Galerist und Herausgeber der expressionistischen Zeitschrift *Der Sturm.* Walden ist neun Jahre jünger als Else Lasker-Schüler. Und sie macht sich jünger, um sechs Jahre. Als neues Geburtsjahr nennt sie von nun an 1875.

Nur wenige Monate war Else Lasker-Schüler bei der „Neuen Gemeinschaft". Sie kündigt die Mitgliedschaft am 23. August 1900 brieflich: *Eden war zu klein für mich und nicht das wahre Paradies.* Auf die Dauer ist ihr „das kollektive Durcheinander einer philosophisch-literarischen Anarcho-Kommune zuwider. Denn ich bin Else Lasker-Schüler. Ich bin ich, höchstens noch Ich und Ich und ich liebe, vor allem mich", legt der Biograph Jörg Aufenanger ihr in den Mund.

Gegen Ende 1901 erscheint ihr erster Lyrikband *Styx.* Ein Jahr später ehelicht sie Herwarth Walden, sieben Monate nach der offiziellen Ehescheidung von Berthold Lasker.

Durch Walden erweitert sich ihr Freundeskreis. Dazu gehört Johannes Holzmann. Aus seinen Namensbuchstaben drechselt sie Senna Hoy. Er gibt den *Kampf* heraus, eine anarchistische „Zeitschrift für gesunden Menschenverstand", so der Untertitel. In dieser Zeitschrift wird der preußische Militarismus kritisiert und der Paragraf 175, der Homosexualität unter Strafe stellt. Veröffentlicht werden hier Texte über die freie Liebe und von Else Lasker-Schüler die Gedichte „Weltende" und „Vollmond" sowie die Erzählung „Der tote Knabe", in der es um eine qualvolle Ehe geht.

Als Anarchist „Sascha" Holzmann nach Russland geht – vermutlich auf der Flucht vor des Kaisers Politischer Polizei, vor Zensur und Verfolgung – wird er in Moskau von den eigenen Genossen inhaftiert. Else Lasker-Schüler tritt im November 1913 eine beschwerliche Reise an, erst nach St. Petersburg, dann nach Moskau, um ihn zu besuchen und vielleicht freizubekommen. Erfolglos kehrt sie nach Berlin zurück zu ihrem Sohn, den sie mal „Männeken", mal

„Päulchen" nennt. Da ist sie bereits seit zwölf Monaten alleinerziehende Mutter. Denn auch die zweite Ehe war geschieden worden, geendet wie die erste nach genau neun Jahren, weil Herwarth Walden sie mit einer jüngeren Frau, einer Schwedin, betrogen hatte.

Was sie freimütig öffentlich macht und „Fahnenflucht" nennt: Else Lasker-Schüler schickt ihrem Mann in der Zeit vom 2. September 1911 bis zum Februar 1912 über einhundert „Briefe nach Norwegen", veröffentlicht im expressionistischen Wochenblatt *Der Sturm*. Sie schreibt diese frühe Fortsetzungsgeschichte sogar noch weiter, nachdem Herwarth Walden zusammen mit seinem Freund, dem Rechtsanwalt Curt („Kurtchen") Neimann, aus Skandinavien zurückgekehrt ist. Mit Berliner Kodderschnauze klatscht und tratscht sie öffentlich: *Hört nur, Kokoschka wird steckbrieflich verfolgt in der Neuen Freien Presse ... Wenn er mich auch nicht leiden mag ...* Den österreichischen Schriftsteller Peter Altenberg zieht sie durch den Kakao, ihren Verleger Paul Cassirer nennt sie Sir, den Maler Max Oppenheimer redet sie mit Abbé an, Richard Dehmel ist der Großkalif aller Dichtung und Karl Kraus der Dalai Lama. Sie berichtet Profanes, etwa vom Mittagessen mit dicken Erbsen, die der Berliner „Erstgeburt" nennt. Sie richtet den „lieben Jungs" Grüße von anderen Kaffeehausbesuchern aus, von Ada und Emil Nolde, Arnold Schönberg, Alfred Döblin und anderen Szenegestalten.

Die Fortsetzungsreihe erscheint bereits wenige Monate nach ihrem Ende als Buch *Mein Herz* mit 21 Zeichnungen, überwiegend Karikaturen. Untertitel „Ein Liebesroman mit Bildern und wirklich lebenden Menschen". Es ist Else Lasker-Schülers Liebeserklärung an Berlin und wird ein Erfolg.

Mit ihrem künstlerischen Aufstieg beginnt der wirtschaftliche Abstieg, trotz aller Erfolge als Malerpoetin und Journalistin mit Essays über „die kreisende Weltfabrik", über den Circus Busch oder das „neopathetische Cabaret".

Sie lebt in möblierten Zimmern und Pensionen. Tagsüber trinkt sie in Cafés Wasserkakao und isst Anisplätzchen.

Der Maler, Karikaturist und gebürtige Berliner George Grosz entwirft einen Brief an Milly Steger, notiert 1916 in seinem Skizzenbuch: „Komme eben vom

***Theben mit Jussuf*, um 1920**

Prinzen Jussuf (ich bin nicht ein Mensch der rührselig ist, aber hier muß eingeschritten werden.)“

Er fragt die Bildhauerin, die Else Lasker-Schüler aus Elberfelder Zeiten kennt, ob sie nicht für den „Kaiser Abigail“ eine wohlhabende Familie in Hagen kenne, „die ein paar hundert Mark opfern würde.“ (Gemeint ist die Familie Karl Ernst-Osthaus, Gründer des Folkwang Museums). Wie prekär die Lage für die geschätzte Dichterin ist, erhellt der Satz: „Denken Sie sich nur, daß mir der Prinz begegnete ohne Schuhe, in Pantoffeln die mit Papier beklebt waren, weil Löcher darin waren.“

Während die Scheidung von Berthold Lasker ein Befreiungsschlag war, so löste die Trennung von Herwarth Walden bei ihr Traurigkeit aus, ironisch niedergeschrieben in einem der Briefe nach Norwegen. Nunmehr wolle sie *nicht allein Dichterin sein, sondern auch ein ganz kleines Mädchen, das zum ersten Mal von seinem Herrn Kempinski zum Abendbrot mitgenommen wird und Geschmack an Kaviar und Ente mit Mirabellen findet, sich aber entsetzt vor der Schnecke in der geöffneten Muschel.*

Else Lasker-Schüler beginnt nach der zweiten Scheidung ein Verhältnis mit dem Arzt und Dichter Gottfried Benn (siehe „Die Vielverliebte“). Sie schließt eine fruchtbare Künstlerfreundschaft mit dem expressionistischen Maler Franz Marc, den sie in Berlin kennengelernt hat. Blau ist ihre Lieblingsfarbe. Als Marc am 4. März 1916 im Ersten Weltkrieg stirbt, schreibt sie: *Der blaue Reiter ist gefallen, ein Großbiblischer, an dem der Duft Edens hing … seinen Riesenkörper tragen Engel zu Gott, der hält seine blaue Seele.*“

„Das war vor dem Krieg“ heißt es gegen Ende des Nachrufs. Kurz danach geht sie mit den Kollegen Franz Werfel, Theodor Däubler und George Grosz auf pazifistische Vortragsveranstaltungen, kombiniert mit dem Vortragen von Gedichten. Von Berlin aus unternimmt die Dichterin immer wieder Lesereisen nach Leipzig, Frankfurt und Köln, nach Wien und Zürich. Nach einer solchen Veranstaltung im Juni 1920 in München urteilt Bertolt Brecht: „Ende der Woche hörte ich die E. Lasker-Schüler lesen, gute und schlechte Gedichte, übersteigert und ungesund, aber im einzelnen wunderhübsch." Macho Benn findet die Kollegin „alt und abgelebt, schlaff und unsympathisch."

Dass sich Else Lasker-Schüler als Künstlerin durchgesetzt hat in einer Stadt mit geschätzten 5.500 Autoren, spricht für ihre Klasse. Dafür musste sie Klinkenputzen bei Verlagen, von denen es in Berlin 550 gibt, musste sie Bettelbriefe schreiben, Manuskripte an Verleger schicken und kräftig die Werbetrommel rühren. Zeitzeugin Grete Fischer schreibt: „Sie hatte eben keinen Respekt vor den Mächtigen. Paul Cassirer war gut zu ihr, und sie behandelte ihn wie einen Spielkameraden. Einmal, als sie mein Zimmer verlassen hatte, riß er plötzlich die Tür auf und schrie: ‚Wo ist die Lasker-Schüler?' – ‚Weg.' ‚Warum?' Warum! Sie hatte im Weggehen die Tür zu seinem Büro aufgemacht, wo er mit einem höchst feierlichen Galeriedirektor verhandelte, und einen roten Luftballon ins Zimmer fliegen lassen: ‚Zum Spaß'."

„Café Großenwahn"

In dieser Zeit scharen sich die jungen Talente um Else Lasker-Schüler. Sie lernt Schriftsteller, Schauspieler und Künstler wie Oskar Kokoschka kennen, trifft Autoren, die es später zu Weltruhm bringen – Alfred Döblin, Gerhart Hauptmann, Franz Kafka, Rainer Maria Rilke, Bertolt Brecht. Im „Café des Westens" und im „Romanischen Café" sitzt sie stundenlang bei einer Tasse Kaffee, ihr Söhnchen Paul soll dabei Kuchen stibitzt haben. Spätere Biographen verklären sie zur „Königin der Bohème" – eine Königin, für die 1913 in der Wiener Zeitschrift „Fackel" um Spenden gebeten wird. Unterzeichner des Spendenaufrufs sind Selma Lagerlöf, Arnold Schönberg, Herausgeber Karl Kraus und andere Berühmtheiten.

Else Lasker-Schüler und Herwarth Walden (rechts) um 1905 im „Café des Westens“

Die anderen Berühmtheiten sind in Berlin beheimatet, wo der Expressionismus sein Zuhause hat. „Man traf sich mit der Lasker-Schüler, Peter Hille im Café des Westens, gelegentlich bei Dalbelli an der Potsdamer Brücke. Man hatte Tuchfühlung mit Richard Dehmel, mit Wedekind, Scheerbart“, schildert Alfred Döblin die Szene. Herwarth Walden schreibt im „Sturm“ ironisch über die „Hölle der Modernen im Café Größenwahn“: „Dort, wo die Joachimstalerstraße den Kurfürstendamm schneidet, spreizt der Wahnsinn der Moderne seine Fangarme aus.“

Über Berlins Prachtstraße heißt es in einer „Wintergeschichte“ bei Else Lasker-Schüler: *Blumen werden bald blühen an beiden Seiten des Reitwegs am Kurfürstendamm. Wenn die lieblichen Reiterinnen an all dem Duft vorbeigaloppieren, dann ist es zu spät, ihnen zu sagen, daß die buntlachende Allee gesprengt wurde mit Schweiß und Blut Peitschender und Gepeitschter.*

Partei- oder tagespolitisch hat Else Lasker-Schüler nie Stellung bezogen. Ihre pazifistische Haltung findet sich jedoch in dem Roman *Der Malik*. Rosa Luxemburg nennt die Poetin verehrungsvoll „eine politische Dichterin". Am 15. Januar 1919 ermorden rechtsextreme Offiziere die streitbare Sozialistin Luxemburg zusammen mit ihrem Genossen Karl Liebknecht. Drei Monate später wird Else Lasker-Schülers Schauspiel *Die Wupper* in einer Morgenveranstaltung des Vereins „Junges Deutschland" am renommierten Deutschen Theater von Max Reinhardt uraufgeführt. Alfred Kerr erfindet in einer Zeitungskritik für dieses Schauspiel den Begriff „Phantasto-Realismus". Damit hatte sie auf dem Theater vorweggenommen, was später als „magischer Realismus" in die Literaturgeschichte eingehen sollte.

Der Verleger und Publizist Wieland Herzfelde, der das „e" am Ende seines Namens von Else Lasker-Schüler erhalten hat, wird später in der DDR erzählen, dass sie kein Opium genommen habe, wie oft geraunt wurde. Auch habe sie nicht Schach gespielt wie ihr erster Ehemann und Bruder des deutschen Schachweltmeisters Emanuel Lasker. Es gebe so viele Legenden, „die meisten habe sie wohl selbst gesponnen." Und: „Ich weiß wirklich nicht, ob sie berlinischer sein wollte als die Berliner, und ob sie nicht nach ihrer ‚Flucht', will ich mal sagen, aus Elberfeld, in ihrer Unrast, Hektik, ihrer Not mit dem kranken Sohn, sie selber nicht die Gesündeste, in ihrem Ehrgeiz, den manche ihr übel nahmen, nein, nicht nur die von rechts, gerade auch von ihrer eigenen Seite in jüdischen Kreisen, in ihrer steten Jagd nach Honoraren, man wußte ja zuweilen nicht, wollte sie nun Geld oder ihren Namen gedruckt sehen …"

Ökonomisch geht es der Dichterin immer schlechter. Sie wechselt ihre Behausungen, bis sie keine eigene Wohnung mehr hat. Angeblich übernachtete sie sogar auf Parkbänken. Spätabends, so wird erzählt, habe sie sich in Russenbluse oder Husarenkittel und in weiten, unten zugebundenen Hosen dicht an den Häuserwänden entlanggeschlichen, um ihren Eltern im Himmel den Anblick ihrer Armut zu ersparen, wenn sie auf das Hotel „Sachsenhof" zusteuerte. Dieses Hotel in der Schöneberger Motzstraße 7 beherbergt zur selben Zeit die

Schriftsteller Walter Hasenclever und Theodor Däubler sowie den Maler Oskar Kokoschka. Das Quartier rund um den Nollendorfplatz, wo es heute eine Else Lasker-Schüler-Straße gibt, ist keine Schicki-Micki-Gegend, sondern Herz mit Schnauze. Zuhälter, Prostituierte, Kneipen, der Sportpalast, Antiquariate und das Varieté „Scala" gehören zur Gegend um den Nollendorfplatz.

1918 soll Else Lasker-Schüler in den „Sachsenhof" eingezogen sein. Von 1924 bis 1933, so ist heute auf einer Gedenktafel zu lesen, hatte sie in diesem Hotel ein Dauerzimmer. Sie nennt ihre Dachkammer Nummer 74 eine „Kajüte". In Briefen spricht sie vom „ersten Glücksfall allen Wohnens", im Winter aber auch von einer „Eiskammer". Diese „Kammer" ist nach Angaben von Gottfried Benn vollgestopft mit allerhand Spielzeug, Puppen und Krimskrams. Morgens streut sie Vogelfutter aufs Fensterbrett; sie nennt dieses Brett „Meisentisch".

Ich wohne im Sachsenhofe
Im schönsten Hotel von Berlin
Und lese die Katastrophe
Nämlich von meinem Ruin.
Dass ich Kuverts verkoofe
á fünf Mark – immerhin –
na lieber Freund, na weißte
nicht, was und wer ich bin?

Hotel Sachsenhof © Hajo Jahn

Die Dichterin

„Jedes Wort hab ich vergoldet", behauptet Else Lasker-Schüler über ihre Dichtkunst. Sogar ein Gedicht benennt sie nach einem Edelstein:

Lauter Diamant

Ich hab in Deinem Antlitz
Meinen Sternenhimmel ausgeträumt.
Alle meine bunten Kosenamen
Gab ich dir,
Und legte die Hand
Unter Deinen Schritt,
Als ob ich dafür
Ins Jenseits käme.

Immer weint nun
Vom Himmel Deine Mutter,
Da ich mich schnitzte
Aus deinem Herzfleische,

Und du so viel Liebe
Launisch verstießest.
Dunkel ist es –
Es flackert nur noch
Das Licht in meiner Seele.

Mit Paul Celan und Nelly Sachs bildet Else Lasker-Schüler das Dreigestirn der deutsch-jüdischen Lyrik. Celan stammt aus dem rumänischen Czernowitz, eine Stadt, die erstaunlich viele künstlerische Begabungen hervorgebracht hat. Nelly Sachs war in Berlin-Schöneberg geboren worden. Else Lasker-Schüler kam aus der rheinischen Provinz, aus Elberfeld, einer evangelisch und industriell geprägten Wupper-Stadt.

Sie weiß natürlich besser über sich Bescheid als jeder ihrer vielen Biografen: *Daß ich nur von mir spreche, geschieht aus übergroßer Gerechtigkeit, aus Gewissenhaftigkeit, nicht nur aus Selbstschätzung. Nämlich, weil ich mich nur kenne und von mir Auskunft geben kann.*

Im Spätsommer 1899 werden in der Zeitschrift „Die Gesellschaft" ihre ersten drei Gedichte veröffentlicht: „Vorahnung", „Sinnenrausch" und – wie ein Abgesang auf ihre Ehe – „Verwelkte Myrthen":

Bist wie der graue, sonnenlose Tag,
Der sündig sich auf junge Rosen legt.
– Mir war, als ich an Deiner Seite lag,
Als ob mein Herze sich nicht mehr bewegt.
Ich küsste deine bleichen Wangen rot,
Entwand ein Lächeln deinem starren Blick.
– Du tratest meine junge Seele tot
Und kehrtest in dein kaltes Sein zurück.

„Hurra" und „epochemachend" soll sie gejubelt haben, als im Dezember 1901 ihr erster Gedichtband *Styx* in einer Auflage von 1.050 Exemplaren im Berliner Axel Juncker Verlag gedruckt wird, im Impressum mit der Jahreszahl 1902. Ein neuer Stern am Dichterhimmel ist geboren. Nach diesem ersten und überraschenden Erfolg folgen acht weitere Gedichtbände.

Gewürdigt wird das Werk der Dichterin 1919 von Kurt Pinthus. Der Herausgeber der bedeutendsten expressionistischen Lyrikanthologie *Die Menschheitsdämmerung* nimmt Else Lasker-Schüler als einzige weibliche Autorin in die Sammlung auf, die mit dem Untertitel „Symphonie jüngster Dichtung" erst in einem Kleinverlag und dann ab 1920 bei Rowohlt veröffentlicht wurde.

Dieser Wertschätzung schlossen sich Zeitgenossen wie der Sprachpurist Karl Kraus und Walter Mehring an. Für Mehring war die Dichterkollegin die „Psalmistin der deutschen Avantgarde". Franz Kafka erklärte jedoch schroff: „Ich kann Ihre Gedichte nicht leiden, ich fühle bei ihnen nichts als Langeweile …"

Mit dieser Meinung war er zwar nicht ganz allein. Doch die Literaturgeschichte hat ihn längst widerlegt. Schon damals schreibt Samuel Lublinski in der Zeitschrift „Ost und West“ einen Satz, der auch heute noch gültig ist: „Wer über die moderne Lyrik mitreden will, der lese *Styx* von Else Lasker-Schüler.“ Und Gottfried Benn urteilt später: „Ihre Sprache war ein üppiges, prunkvolles, zartes Deutsch. Darin vermochte sie ihre leidenschaftlichen Gefühle auszudrücken, ohne das Geheimnisvolle zu entschleiern und zu vergeben, das ihr Wesen war.“

Was aber macht einen Menschen, der schreiben kann, zum Dichter? In einem Brief vom 26. Februar 1928 an den Wiener Freund Paul Goldscheider beantwortet sie die hier aufgeworfene Frage mit den Worten:

Was nennt sich Dichter? Alles! Verse kann schließlich jeder machen, aber ohne Kitsch auf die Felsen fliegen und zwar auf keine Papiermaché-Felsen – suchen Sie so einen Dichter …“

Else Lasker-Schülers Lyrik hat sie zwar unsterblich, aber nicht reich gemacht. Frei nach ihrem Motto „Ich hab' die Welt, die Welt hat mich betrogen“, hat sie ihre eigenen Bücher aus den Buchhandlungen gestohlen, um sie dann zu verkaufen. Die meist bescheidenen Autorenhonorare nimmt sie nicht nur, weil sie auf das Geld angewiesen ist. Sie ist von der Besonderheit ihrer Texte überzeugt und will diese unbedingt gedruckt sehen. Wenn die Gedichte jedoch unautorisiert und unhonoriert veröffentlicht werden, legt sie Klage ein. So beim Abdruck von „Leise sagen“ im Juli 1910 in der *Rheinisch-Westfälischen Zeitung* aus Essen, abwertend kommentiert mit „Vollständige Gehirnerweichung“. Ihre Klage wird abgewiesen. Der Redakteur hat nach Ansicht des Gerichts „in Wahrung berechtigter Interessen“ gehandelt. In zweiter Instanz bescheinigen die Richter dem Gedicht „einen auffallenden Mangel an vernünftigem Sinn“ und zugleich „unfreiwillige Komik“, die jedoch im Sinne des Urheberrechts honoriert werden müsse.

Mit Geld, wenn sie es denn hat, kann sie nicht haushalten und gibt es im Nu aus. Wie sehr sie bei Ebbe in der Kasse auf jeden Pfennig angewiesen ist, erhellt ein Brief an den Verleger ihres Gedichtbands „Der siebente Tag“: *Das [200 Mark] ist doch wirklich wenig ... Lieber eine dünne Taube in der Hand als eine gefüllte im Traum.*

2019 wurde ihr 150. Geburtstag gewürdigt. Else Lasker-Schüler hätte diese Zahl bestritten, weil sie sich stets jünger gemacht hat. Deshalb mochte sie es als Erwachsene nicht, wenn man ihr zu Geburtstagen huldigte. Das aber tat die Else Lasker-Schüler-Gesellschaft. Zum Jubiläumsjahr gratulierte sie gemeinsam und erstmals auch mit der Stadt Wuppertal mit einem Themenjahr unter dem Titel „Meinwärts. Das Herz der Avantgarde“. Im gesamten Bundesgebiet fanden öffentliche Veranstaltungen statt. Vorträge, Rezitations-, Theater und Filmabende, Symposien, Konzerte, Diskussionen, Lesungen. Auch in Israel. Was sie wohl zu all den Lobpreisungen gesagt hätte? Zu Lebzeiten klingt das bei ihr eher skeptisch: *Meine Bücher laufen so herum und werden einmal im Meer ertrinken.* Und sie befürchtet: *Längst lebe ich vergessen im Gedicht.*

Da hat sie wohl kokettiert und indirekt Machos wie Jakob Grimm eines Besseren belehren wollen. Der Märchensammler und Sprachwissenschaftler war der Meinung, dass Dichtung Männersache sei. Frauen hielt er für ungeeignet. Else Lasker-Schüler aber war sich ihres Könnens durchaus bewusst, wenn sie erklärt, jedes Wort vergoldet zu haben. Ähnlich klingt ihre Behauptung: *Und da die Wahrheit ich berichte wenn ich dichte, lasst allen Zweifel außer Acht!*

Welche ihrer vielen Wahrheiten die richtige ist, weiß nur sie selbst. Das ist dichterische Freiheit.

Sicher ist, dass ihre Werke so durchgängig autobiografisch sind wie selten bei Dichtern. Geprägt von ihrer Mädchenzeit: *Die Zeit drückt, die meisten sterben an der Zeit. Darum sollte man sich viel in seine Kindheit versetzen.* Beispiele für diese Sehnsucht nach Kindertagen finden sich in ihren Prosatexten und in „Mein blaues Klavier“, einem ihrer bekanntesten Exilgedichte, in dem sie indirekt an ihr Puppenklavier erinnert. Angeblich habe sie das sogar aus Berlin in die Schweiz mitgenommen. Doch das ist, wieder einmal, nur Fiktion.

Zwar hat sie ihre mehr als 500 Gedichte nicht im pekuniären Sinne „vergolden" können. Darunter „fünf, sechs für die Ewigkeit", wie selbst der Literaturkritiker Marcel Reich-Ranicki konzedierte. Sie habe es „ja mit so vielen Männer getrieben … nur wir Männer dürfen das", hat er im Gespräch mit dem Autor dieser Zeilen behauptet, hier verkürzt wiedergegeben. Ausgerechnet der journalistische Entertainer Reich-Ranicki mochte Else Lasker-Schüler wegen ihrer quirligen Exaltiertheit nicht. Was die Engländer schätzen, lehnen Deutsche ab. Vermutlich auch deshalb war die als exzentrisch geltende Künstlerin bei einem Teil der literarisch interessierten Konservativen in den ersten Nachkriegsjahren suspekt. So kurz nach der Nazi-Zeit war der Kunstgeschmack noch von Vorurteilen gespeist, erst recht, wenn es um Juden ging.

Längst jedoch erleben Lasker-Schüler-Bücher Neuauflagen. Die Zahl der Gedichtvertonungen wächst ebenso wie die der Sekundärliteratur. Damit überflügelt sie eine andere große Dichterin: Annette von Droste-Hülshoff.

Bereits 1919/20 hatte Paul Cassirer *Die gesammelten Werke* von Else Lasker-Schüler in zehn Bänden verlegt. Auf elf Bände – Gedichte, Dramen, Prosa – brachte es nach der Jahrtausendwende die Kritische Gesamtausgabe im Jüdischen Verlag/Suhrkamp; die 1990 gegründete Else Lasker-Schüler-Gesellschaft hat dieses Vorhaben sogar in ihre Satzung geschrieben und indirekt bei der Realisierung geholfen. Schade nur, dass dieses gewichtige Werk so exorbitant teuer ist. Immerhin, es ist eine Würdigung, die wenigen Dichtern, noch seltener Frauen, Exilantinnen und Jüdinnen vergönnt ist.

An mich, hat Else Lasker-Schüler einmal Bemerkungen überschrieben, in denen es heißt:

Meine Dichtungen, deklamiert, verstimmen die Klaviatür meines Herzens. Wenn es noch Kinder wären, die auf meinen Reimen tastend meinetwegen klimperten. (Bitte nicht weitersagen!) Ich sitze noch heute sitzengeblieben auf der untersten Bank der Schulklasse, wie einst … Doch mit spätem versunkenen Herzen: 1000 und 2-jährig, dem Märchen über den Kopf gewachsen.

Ich schweife umher! Mein Kopf fliegt fort wie ein Vogel, liebe Mutter. Meine Freiheit soll mir niemand rauben, – sterb ich am Wegrand wo, liebe Mutter, kommst Du und trägst mich hinauf zum blauen Himmel. Ich weiß, dich rührte mein einsames Schweben und das spielende Ticktack meines und meines teuren Kindes Herzen.

2018 veröffentlichte Christa Ludwig mit *Ein Bündel Wegerich* sogar einen Roman über die Dichterin. Im Internet lassen sich zahlreiche Videos anklicken. Am häufigsten zum Gedicht „Mein blaues Klavier“. Ihr berühmtestes gilt als erstes expressionistisches Gedicht der Weltliteratur: „Weltende“. Es erschien in seiner bekanntesten Form 1905, fünf Jahre bevor Jakob von Hoddis denselben Titel wählte. Dass sie *die* Autorin der Moderne in Deutschland war, ist unbestritten. Doch ihren Bewunderern sind die Inhalte wichtiger als die Urteile der Literaturwissenschaft, etwa beim „Weltende“-Poem, das geradezu genial einfach anfängt:

Es ist ein Weinen in der Welt,
Als ob der liebe Gott gestorben wär,
Und der bleierne Schatten, der niederfällt,
Lastet grabesschwer.
Komm, wir wollen uns näher verbergen …
Das Leben liegt in aller Herzen
Wie in Särgen.
Du! wir wollen uns tief küssen –
Es pocht eine Sehnsucht an die Welt,
An der wir sterben müssen.

Jussuf, um 1913

Die Zeichnerin

Als Dichterin ist Else Lasker-Schüler unumstritten; als bildende Künstlerin wird sie noch immer unterschätzt. Zwar wurden ihre Bilder zu Lebzeiten „beachtet und gewürdigt, doch heute stehen sie im Schatten ihres literarischen Werks", urteilt die Kunstexpertin Dr. Ricarda Dick.

Dabei macht diese doppelte künstlerische Leistung das Einzigartige an Else Lasker-Schüler aus.

Ihr erstes bekanntes Bild von 1900 ist noch deutlich am Jugendstil angelehnt und ist, anders als bei späteren Zeichnungen, akribisch bezeichnet, datiert und signiert. Es trägt den Titel „Die lyrische Missgeburt". Dabei scheint es um einen Zwiespalt zu gehen, um die Entscheidung zwischen Dichtung und bildender Kunst. Die weibliche Gestalt vergießt eine (blutige?) Träne. Noch erbarmungswürdiger wirkt die Zeichnung mit der Unterzeile „Jussuf erhängte sich, jedoch die Thebetaner glaubten, Ossman habe ihn – auf sein Geheiß – erschlagen".

In einem anderen Zusammenhang aber wird die die Künstlerin sagen: *Ich sehe also aus dem Bilde das Leben an; was nehme ich ernster von beiden?*

Bereits in der Weimarer Republik stellte sie ihre Zeichnungen im Folkwang-Museum von Karl Ernst Osthaus in Hagen, bei Galerist Paul Cassirer in Berlin sowie in München, London, in der Berliner Galerie Flechtheim und im Exil auch im Verlagshaus Oprecht in Zürich aus. Als Poetin der Zeichenfeder wurde sie einem größeren Publikum aber erst 2011 bekannt: 50.000 Menschen besuchten vom 21. Januar bis 1. Mai im „Hamburger Bahnhof" zu Berlin die Retrospektive „Else Lasker-Schüler. Die Bilder". Vorausgegangen war 2010 eine erste Präsentation im Kleinen Jüdischen Museum Frankfurt am Main, wenn auch mit weniger Publikumsandrang und Medieninteresse.

Berlin war eine späte Wiedergutmachung. Gehört doch der „Hamburger Bahnhof" heute zur ehemaligen Berliner Nationalgalerie. Dort befanden sich 104 Lasker-Schüler-Zeichnungen, die ab 1937 als „entartet" galten. Die weit verstreuten Bilder der Künstlerin sind für die Ausstellungen in Frankfurt und Berlin wissenschaftlich erfasst worden. Alle verfügbaren und bekannten Illustrationen, Zeichnungen, Collagen und Bilder in Mischtechnik sind seitdem in einem Werkverzeichnis festgehalten, herausgegeben von der Expertin Dr. Ricarda Dick.

Zum Studium des Zeichnens, das Frauen damals an Universitäten und Hochschulen verwehrt war, entschloss sich Else Lasker-Schüler nach der Heirat mit dem Arzt Jonathan Berthold Lasker. In Berlin nahm sie privaten Malunterricht bei Sim(s)on Goldberg, einem Schüler von Max Liebermann. Aber das „sture Ochsen", wie ELS das nannte, war nicht ihr Ding: *Immer wieder dieselbe Nase, immer wieder denselben Mund*. Ihre grenzenlose Phantasie wollte den gesetzten Rahmen entfliehen, „meinwärts". Als ihr der Ehemann 1896 Atelier-Räume anmietete, begann ihr Ausbruch aus der Bürgerlichkeit. Sie tauchte ein in die Welt der Bohème.

Ihre ersten Zeichnungen erschienen 1911 im *Sturm*. Ehemann Nummer zwei, der Herausgeber und Schriftsteller Herwarth Walden, veröffentlichte in der expressionistischen Zeitschrift *Porträt-Zeichnungen* aus der Feder seiner Frau, oft Karikaturen bekannter Künstler und Autoren wie etwa die von Benn.

Gottfried Benn, um 1911

Im „Friedrichshagener Dichterkreis“ dürfte sie den esoterisch angehauchten Hugo Höppener kennengelernt haben. Er pflegte unter dem Künstlernamen „Fidus“ („der Getreue“) einen „weichen Jugendstil“. So sieht auch seine Titelvignette von *Styx* aus, dem ersten Lyrikband von Else Lasker-Schüler. Das traf wohl nicht ihren Geschmack. Fortan illustrierte sie ihre Bücher selbst, was ungewöhnlich war.

Cover Peter Hille-Buch

Über ihre Zeichnungen schwärmte der 1911 geborene Autor Herbert Fritsche:

„Es sind größtenteils Bilder, die auch den Büchern Else Lasker-Schülers beigegeben sind, Porträts ihrer Freunde, Szenen aus ihren orientalischen Erzählungen und Visionen ihres erträumten Kaiserreiches Theben. Was diese Blätter so liebenswert macht und auf das Niveau großer Kunstwerke hebt, sind nicht nur ihre unerhört ursprüngliche Phantastik und ihr temperamentvolles Vibrieren, sondern vor allem ihre kindlichen Traumfarben, die wohl vor Else Lasker-Schüler nur von Gauguin erreicht wurden, allerdings mit wesentlich komplizierteren Mitteln, während Else Lasker-Schüler immer ihrer rührend naiven Ölkreidetechnik treu bleibt. Diese Bilder sind herzgeboren, künstlerisch absichtslos und dennoch von einem heimlichen Pathos, das bei der geringen Größe der Figuren rätselhaft anmutet … fast unbewußt und tranceumfangen. Die orientalischen Szenen und Panoramen zeigen diese seltene Kunst der Verspieltheit am eindringlichsten: Hineingeklebte Gestirne aus Konfekt-Stanniol und aufgestreutes Flittergold wiegen die tragische Einsamkeit ihrer zeitfremden Helden hinüber in den liebevollen Wellenschlag versöhnlicher Träume."

Diese Eloge erschien vor der Machtergreifung der Nazis in Fritsches Veröffentlichung *Das Tagebuch,* Berlin, Heft 49 vom 5. Dezember 1931.

Der expressionistische Künstler und Freund Franz Marc hat Else Lasker-Schüler zum Malen ermuntert. Er verehrt sie als Dichterin. Seine 28 gemalten Postkarten „Botschaften an den Prinzen Jussuf" zählen zum Poetischsten, was Marc geschaffen hat. Sie antwortete mit 23 Zeichnungen, Karten und Briefen.

„Niedagewesenes" wollte sie schaffen. Dass sie das erreicht hat, bescheinigen ihr auch Experten: Vorbei an den aktuellen Kunstauffassungen habe sie eine einfache, gegenständlich orientierte, unverwechselbare Ausdrucksform entfaltet. Sie sei „ein exotischer Vogel im Gehege der Avantgarde mit stilistischer Andersartigkeit und eigenwilliger Text-Bild-Verknüpfungen und starkem biografischen Bezug." So Ricarda Dick, die sich mit dem Werkverzeichnis *Else Lasker-Schüler. Die Bilder* verdient gemacht hat um das „eigenständige bildnerische Gesamtwerk": Charakteristisch sei dafür die Technik, „typisch die Kombination unterschiedlicher Schreib- und Zeichenwerkzeuge, unterschiedlicher Zeichenmittel und Bildträger: Mit Bleistift und Tintenfeder wird meist zunächst eine Umrißzeichnung gefertigt, die dann mit Tuschpinsel, Buntstiften, Kreiden, Aquarellfarben in unterschiedlicher Weise gestaltet und koloriert wird. Auch die Montage verschiedener Papiere und Papierelemente findet sich sehr häufig."

Wie ich zum Zeichnen kam schildert Else Lasker-Schüler mit eigenen Worten: *Ganz genau wie das Laub sich nach der Blume sehnt, so zaubert die Sehnsucht meiner lebendigen Buchstaben das Bild in allen Farben hervor.*

Blau ist ihre Lieblingsfarbe. Blau bedeutet Hoffnung, die blaue Blume verheißt Traum und Verweilen in einer Phantasiewelt. Blau als Wort kommt in mehreren ihrer Gedichte vor, in einem ihrer berühmtesten sogar im Titel: „Mein blaues Klavier".

Zu den anfangs sparsamen, linienbetonten Illustrationen kommen später farbige, manchmal auch mit Silber- und Goldpapier collagierte Zeichnungen. Sie sind weitverstreut und befinden sich heute u.a. in der Nationalbibliothek Jerusalem und in der Gedenkstätte Yad Vashem, im Deutschen Literaturarchiv Marbach, im Franz Marc-Museum Kochel am See, im Von der Heydt-Museum Wuppertal, in den Staatlichen Museen zu Berlin, im Literatur- und Kunstinstitut Hombroich (Sammlung Volker Kahmen), in der Staatlichen Graphischen Sammlung München sowie im Besitz der Else Lasker-Schüler-Gesellschaft Wuppertal.

Im Exil in der Schweiz hat sich die Malerpoetin überwiegend mit dem Verkauf von Zeichnungen durchgeschlagen. Sie waren bereits in Berlin eine wichtige Einkommensquelle in materieller Bedrängnis. Dennoch rührte das am Stolz der Künstlerin: *Meine Nerven werden verkauft von den Wänden*, lautet 1916 ein Hilfeschrei an Karl Kraus. Sie möchte die Bilder verschenken oder behalten. Der Brief schließt mit den Worten: *Theben soll lieber verdursten.*

Während ihre Zeichnungen wie aus einem Guss sind, immer gleich vollendet, hat die Malerpoetin an ihren Texten immer wieder Veränderungen vorgenommen. So gibt es manche Gedichte oder Titel in verschiedenen Versionen. Vielleicht war sie da kritischer als bei ihren Bildern.

Elephant mit Jussuf, 1927/1928

Die Unvollendete

Es ist so dunkel heut am Heiligen Himmel …
Ich und die Abendwolken suchen nach dem Mond –
Wo beide wir einst vor dem Erdenleben,
Schon nahe seiner Leuchtewelt gewohnt.

Darum möcht ich mit dir mich unlösbar verweben –
Ich hab so Angst um Mitternacht!
Es schreckt ein Traum mich aus vergangenem Leben
An den ich gar nicht mehr gedacht.

Ich pflückte mir so gern nach banger Nacht
Vom Berg der Frühe lichtgefüllte Reben.
Doch hat die Finsternis mich umgebracht –
Geopfert deinem Wunderleben.

Und es verblutet, was du mir,
Ich dir gegeben,
Und auch das bunte Sternenzeichen
Unserer engverknüpften Hand,
Das Pfand!!

Und neben mir und dein –
Auf meinem Herzen süßgemalt enthobnem Sein
– Tröstet mich ein Fremder übermannt.

Ihm mangelt an der Ouvertüre süßem Tand
Streichelnder Flüsterspiele seiner Triebe,
Verherrlichend den keuschen Liebeskelch der Liebe.

Jedes Porträt, das mit Gefühl gemalt wurde, ist ein Porträt des Künstlers, nicht dessen, der ihm dafür gesessen hat.

– Oscar Wilde

Die Zeichnung „Nicodemus" hat Else Lasker-Schüler um 1922 gemalt. Das war zugleich das Jahr, in dem Arbeiten von ihr in der Commeter'schen Kunsthandlung Hamburg ausgestellt wurden. Zeitgleich wurde sie zur Teilnahme an der Ausstellung „Neue christliche Kunst" im Kunstverein Köln aufgefordert. Im Katalog dazu aber hat man die Jüdin nicht aufgeführt. Ebenfalls 1922 wurde Else Lasker-Schüler Ehrenmitglied des „Ersten Internationalen Kongresses Fortschrittlicher Künstler" in Düsseldorf, bei dem sich Vertreter des Konstruktivismus und Dadaismus trafen. Sie wussten, dass die Berlinerin aus der bergischen Provinz programmatisch längst vorweggenommen hatte, was im Zürcher Club Voltaire und im Berliner Club Dada erst ab 1916 begann.

Wie viele ihrer Bilder – und hier besonders klar – ist die „Nicodemus"-Zeichnung ein Selbstbildnis. Dass sie sich tätowieren ließ und Briefe mit Blut unterschrieben haben soll, wird behauptet. Möglicherweise kannte sie das Buddha-Zitat: „Was du denkst, bist du. Was du bist, strahlst du aus." Ihr Gedicht „Weltflucht" endet mit dem Kunstwort „Meinwärts". Warum Else Lasker-Schüler jedoch für eines ihrer bekanntesten Selbstporträts den Titel „Nicodemus" gewählt hat, ist nicht belegt. Bekannt jedoch ist, dass sie für eine Versöhnung von Judentum, Christentum, Islam eintrat und in ihrer Arbeit nichts dem Zufall überließ. Das gefällt dem Tätervolk des Holocaust noch heute an der Jüdin.

Wie bei ihren Gedichten ist auch bei ihren künstlerischen Arbeiten alles „durchkomponiert". Sie kennt die Mythen, ihre eigene, jüdische Religion und die der Christen, Muslime und auch der Buddhisten.

Laut Johannes-Evangelium gehört Nikodemus zur jüdischen Gruppe der Pharisäer und ist ein „Führer der Juden". Während eines nächtlichen Besuchs bei Jesus weist dieser den Nikodemus darauf hin, dass der Eintritt in das Reich Gottes eine geistige Wiedergeburt voraussetzt. Nikodemus versteht Jesus

Nicodemus, um 1922

falsch und denkt an eine leibliche Wiedergeburt. Daraufhin greift Jesus zu dem Vergleich: *Der Wind weht, wo er will; du hörst sein Brausen, weißt aber nicht, woher er kommt und wohin er geht. So ist es mit jedem, der aus dem Geist geboren ist.*

Die Zeichnung „Nicodemus" war die erste von inzwischen 23 Originalen, die der Verfasser dieses Buchs für die Wuppertaler Else Lasker-Schüler-Gesellschaft erwerben konnte. Bezeichnet: „Nicodemus", mit Tinte, Buntstiften und Kreiden auf der Rückseite eines beschnittenen Telegrammformulars. Die Künstlerin konnte sich nichts anderes leisten. Auf hochwertiges Papier oder gar auf Leinwand hat sie nie gemalt.

Die Dramatikerin

Als Theaterautorin ist Else etwa so bekannt oder unbekannt wie als Zeichnerin. Die Lyrik überstrahlt ihre anderen Talente. Zu Unrecht. Nur in jener Stadt, in der man sprichwörtlich „über die Wupper geht“, antworten viele Menschen auf die Frage, woran sie bei der in Sonntagsreden gefeierten „großen Tochter der Stadt“ denken, eher mit dem Titel ihres ersten Theaterstücks *Die Wupper* als mit einem Gedicht.

Dabei ist dieses Bühnenwerk, das die Autorin ihrer Heimatstadt zum Geschenk machte, dort zunächst schmählich behandelt worden: Als das neue, strahlendweiße Wuppertaler Schauspielhaus, hinter dem der Fluss einen Bogen macht, am 24. September 1966 mit der *Wupper* eröffnet werden soll, kommt es zum Eklat. Das „Schauspiel in fünf Akten“ wird abgesetzt und erst einen Tag später aufgeführt. Da war der Ehrengast schon wieder weg: Ihm, Heinrich Lübke, Bundespräsident, Katholik und Sauerländer, hatte man in vorauseilendem Gehorsam das „sexistische“ Stück mit Exhibitionisten, Vergewaltigern und Selbstmördern nicht zumuten wollen. Stattdessen sah er einen unverdächtigen Klassiker, Lessings *Nathan der Weise.*

Immerhin muss das Staatsoberhaupt einen Vortrag über sich ergehen lassen, der bei Teilen des Publikums nicht gut ankommt: Es ging, ausgerechnet, um die „Freiheit der Kunst“, vorgetragen von Heinrich Böll, der später den Literaturnobelpreis bekommen wird. Die Reaktion von Heinrich Lübke auf den anderen Heinrich (Böll) und dessen bis heute aktuellen Text ist nicht überliefert.

Hans Bauer hatte *Die Wupper* zur Schauspielhaus-Eröffnung in Wuppertal inszeniert. Er war auch bereits 1958 Regisseur bei der ersten Aufführung nach dem Krieg an den Bühnen der Stadt Köln. Seine zunächst reserviert aufgenommene Wuppertaler Inszenierung wurde im folgenden Jahr, 1967, zu den „Berliner Theatertreffen“ eingeladen und dort euphorisch gefeiert. Das Bühnenbild hatte der berühmte Teo Otto entworfen. Im Rückblick auf die skandalöse Verschiebung der Premiere erklärte Hans Bauer später: „Es ist zu hoffen, dass diese Stadt [Wuppertal] langsam begreift, welches Kind der Sterne in diesen Mauern zur Welt kam."

Zwiespältig war das Echo bei der Uraufführung 1919 in Berlin. Gelobt von Alfred Kerr, dem gefürchteten Kritiker, als „Ärgernis" von der völkischen Presse geschmäht. Mit traumwandlerischer Sicherheit habe sie „jeden literarischen Kanon umschifft und sich von keiner Strömung vereinnahmen lassen. Naturalismus, Symbolismus, Expressionismus, Surrealismus – keiner der Begriffe deckt dieses eigenwillige Schauspiel ab", schreibt 1977 der Philologe Fritz Martini.

Der Bühnenbildner Teo Otto stammt wie Else Lasker-Schüler aus einer Wupper-Stadt im Bergischen Land, aus dem benachbarten Remscheid. Die Dichterin und er waren sich beruflich bereits begegnet, nämlich bei der Einstudierung des zweiten Bühnenwerks von Else Lasker-Schüler: *Arthur Aronymus und seine Väter*, uraufgeführt am 19. Dezember 1936 am Schauspielhaus Zürich. Das war das wohl wichtigste Theater des deutschen widerständigen Exils während der Nazizeit. Vor und hinter den Kulissen wirkten etwa vierzig jüdische Exilanten mit. Eine Provokation gegenüber dem mächtigen Nachbarstaat Deutschland. Schon nach nur einer Aufführung wurde das Stück vom Spielplan genommen. Zum Entsetzen der Autorin. Bis heute wird spekuliert, die deutsche Botschaft könnte bei der Absetzung Einfluss genommen haben. Vielleicht aber war die Zeit für ein solches Thema in der Schweiz nicht reif, denn auch im Land der Eidgenossen gab es Nazis und Antisemiten.

Die Wupper –Inszenierung der Wuppertaler Bühnen, September 1966, Bühnenbild Teo Otto

Die Lasker-Schüler-Biographin Sigrid Bauschinger nennt die Figur des achtjährigen Arthur Aronymus „eine der schönsten Kinderfiguren in der deutschen Literatur". Dieses Theaterstück kam 1969 erneut auf die Bühne, diesmal in Wuppertal und als Gastspiel an der „Freien Volksbühne" Berlin. Also in der Stadt, in der die Nazis die Uraufführung des christlich-jüdischen Versöhnungsstücks verhindert hatten. Das war 1932, also ein Jahr bevor sie endgültig an die Macht gewählt worden waren.

Bei der Aufführung 1969 in Berlin verließ ein neuer Star unter den deutschen Dramatikern die Volksbühne bereits in der Pause: Peter Handke. Der Wuppertaler Dramatiker Gerold Theobalt meint, sogar dieser Avantgarde-Autor sei von der Kollegin emotional überfordert gewesen. Das werde deutlich an dem, was Handke über dieses Stück schrieb: „In Arthur Aronymus und seine Väter kamen mir die Vorgänge so entsetzlich vor, dass ich in der Pause weggegangen bin. [...] Das Stück ist auf eine so rücksichtslose Weise poetisch [...], weil Else Lasker-Schüler die Welt mit ihrem Willen, mit Eigenwillen sieht und sie so mit jeder Einzelheit zu ihrer Welt macht. Rücksichtslos ist das Stück, weil noch die entsetzlichsten Tatsachen (Pogrome) verzaubert von dem Eigenwillen der Poetin erscheinen."

Roberto Ciulli inszenierte *Die Wupper* am Schauspielhaus Düsseldorf und spielte Else Lasker-Schüler.

Peter Handke erhielt im Jahr 2015 den Else Lasker-Schüler-Dramatiker-Preis des Landes Rheinland-Pfalz und 2019 den Nobelpreis für Literatur. Else Lasker-Schüler hat hingegen nie einen Theaterpreis erhalten. Dabei kommt ihr das Verdienst zu, Antisemitismus in dieser Form zum ersten Mal für die Bühne thematisiert zu haben, lange vor Autoren des Dokumentar-Theaters wie Peter Weiß und Rolf Hochhuth. Handke aber preist die Kollegin aus Elberfeld-Berlin: „Grob gesagt, Else Lasker-Schüler macht dem Zuschauer die Dramaturgie des Massenmords deutlich, indem sie für seine Darstellung die Dramaturgie des Weihnachtsmärchens verwendet."

Gerold Theobalt bildet an der Folkwang-Universität der Künste in Essen angehende Schauspieler aus; er stellt im Jubiläumsmagazin *Meinwärts* 2019 die rhetorische Frage, wie es möglich sei, „dass ausgerechnet die häufig als völlig unpolitisch etikettierte, ‚meinwärts' strebende Dichterin – die Verfasserin betörend schöner, mitunter aber auch hart am Kitsch vorbeischrammender Liebesgedichte und experimenteller Romane – über ein Pogrom vom 19. Jahrhundert mit einem geradezu prophetischen Blick auf das Kommende zu schreiben vermag, ohne das reale Grauen der sich anbahnenden Schreckensherrschaft des Hitlerregimes in seinen monströsen Ausmaßen kennen zu können?" Theobalt fragt weiter, warum dieses Stück auf der Bühne so wirkmächtig sei. Auf seine Frage gebe es „bei Ausnahmebegabungen wie Else Lasker-Schüler nur eine unzureichende Antwort." Sicher sei, dass hier ein Mensch „in der Lage ist, seine Intuition und eine scheinbar ebenso ungeschützte wie ungefilterte Wahrnehmung in große Literatur zu verwandeln. Was manchem Leser als Naivität erscheinen mag, ist in Wahrheit die einzigartige Fähigkeit, sich der Welt unter Umgehung intellektueller Wertungen und ohne Rücksicht auf Forderungen des Zeitgeistes völlig unvoreingenommen zu nähern."
In *IchundIch* von 1940, ihrem dritten und zugleich politischsten Theaterstück, bezieht die alte Dichterin von Jerusalem aus zum politischen Geschehen während der Nazizeit Stellung. Diese Tragödie gilt ebenso wie ihr letzter Gedichtband *Mein blaues Klavier* (1943) als bedeutendes Exilwerk.

IchundIch – Aufführung der Wuppertaler Bühnen, 6. Juli 2019 © Uwe Schinkel

Mit *IchundIch* entstand eine Art Fortsetzung von Goethes Meisterwerk *Faust*: Mephisto und Dr. Faust beobachten vom Höllengrund aus, wie Hitler die Welt erobert. Schließlich muss selbst Mephisto angesichts der Gräueltaten der Nazis erkennen, dass das Böse nicht unterstützt werden darf. Gemeinsam mit Faust bittet er Gott um Vergebung. Er trägt das Gedicht „Weltende" vor. Beide werden in den Himmel aufgenommen, während das „Dritte Reich" in einem Flammenmeer untergeht.

IchundIch führte zu Kontroversen unter den Experten. Während die einen der Dichterin Weitsicht attestierten für ihre frühe Prophezeiung des Untergangs des Nazi-Regimes, sahen andere in dem (unvollendeten) Text Anzeichen geistigen Verfalls. So schrieb der Dichter Armin Juhre voller Bewunderung: „Welcher der vielen deutschen emigrierten Schriftsteller hat sich je zu solcher Kühnheit aufgeworfen?"

Der Regisseur und Schauspieler Ernst Ginsberg bemerkt dagegen 1958: „Ich habe es nur mit tiefster Erschütterung, ja ich gestehe: zuweilen nur unter Tränen lesen können. [...] Man spürt die geistige Nacht über die greise Dichterin hereinbrechen, über die nur noch seltene Sternschnuppen hinzucken."

Das Werk war lange nur zu wissenschaftlichen Zwecken einsehbar: 1961 wurde *IchundIch* in wenigen Ausschnitten und vollständig erst 1969 kritisch kommentiert im *Jahrbuch der Deutschen Schillergesellschaft* veröffentlicht. Heinrich Böll hatte für die Freigabe bei der Nachlassverwaltung in Jerusalem geworben.

Die Literaturgeschichte kennt einige Beispiele von Texten, die erst mit zeitlichem Abstand zu ihrer Entstehung angemessen bewertet werden. Hölderlins Spätwerk gehört dazu. Und *Ichundich*.

Uraufgeführt am 10. November 1979 im Schauspielhaus Düsseldorf. Am 8. Dezember 1979 folgte eine Inszenierung in Wuppertal. Das ist, wenn man so will, eine späte, eine symbolische Heimkehr der Verscheuchten.

Und da die Wahrheit ich berichte wenn ich dichte, lasst allen Zweifel außer Acht! Nicht nur der Anfangssatz swingt in *IchundIch*. Vielleicht ist es dieser Blues, der Übersetzer in aller Welt so fasziniert und Johannes Harneit dazu brachte, das Stück als Libretto für seine Oper zu komponieren, uraufgeführt am 3. November 2019 an der Hamburger Staatsoper.

IchundIch gilt als Antifaschismus-Tragikomödie, welche die deutsche Hochkultur und deutsche Barbarei zusammenführt. Zwischen Höllengestalten und antisemitischen Naziverbrechern mittendrin: die jüdische Dichterin.

IchundIch ist kühn, den filmischen Faschismus-Satiren *Sein oder Nichtsein* von Ernst Lubitsch und *Der große Diktator* von Charlie Chaplin ebenbürtig, für manche Experten sogar „wegbereitend für Brechts und Becketts Theaterästhetik".

Sie selbst sagt über sich als Theaterautorin: *Jedes Schauspiel ist wahrscheinlich eine Welt, ein Ebenbild des Dichters.*

PS: Bücher von Else Lasker-Schüler wurden u. a. von Paul Cassirer verlegt. Seiner Ehefrau, der Schauspielerin Tilla Durieux, widmete sie das folgende Gedicht:

Die Schauspielerin

*Tilla! Ruft sie Gemahl,
Dienerin, Magd
Und Aras, der Papageimandrill.*

*Diese Bühnenherrin, die so sehr
Des Kindes Zuspruch
Und großer Zärtlichkeit bedarf.*

*Die Kulisse atmet,
Und unter ihren Füßen
Ballt eine Erde sich auf.*

*Blüht ein Tal,
Rauscht ein verwegener Strom,
Murrt Lava im Fels.*

*Als sie die Katharina spielte,
Trug diese slawische Simsonin
Rußland auf ihrer Schulter ins Haus.*

*Wie im Leben voll Mut
(Mut macht einen Charakter aus),
Las sie aufbäumende Verse,*

*Kämpfte mit zurückgelassenem Wort
Fern weilender Dichter
Immer wieder aus Gerechtigkeit.*

*Mit altem Hugenottenblute gemalt,
Im Ebenholzrahmen auf Elfenbein vergilbt,
Lächelt Tilla aus der Urahnin Antlitz.*

Und wie sie sich entzaubern kann,
Bleibt sie auch immer eine schenkende Schelmin,
Ein weiblicher Nikolas.

Aus St. Paulis Matrosenkneipe,
So eine Lose ... »Komm in meine Lie--beslaube«
Trillert sie wirklich charmant;

Um am Abend aus weißem Opal
Die Rhodope im Theater zu spielen:
Geweihte Frau im häuslichen Hain.

Den Schauspielen Shaws
Setzt sie eine schimmernde Nase auf.
Dann ist Tilla die große Clownin.

Barlach formte ihren Kopf
In bläulich Porzellan.
Als Kleopatra malte sie Slevogt.

Senken sich ihre witternden Vogelaugen,
Dann schwankt die Bühne vor Todesbeben:
Alkestis.

Oft aber schweben die seltsam seltenen,
Grauen Vögel unter feinen Brauenbogen weit fort,
Als ob sie nie wiederkehren.

Der Scheik und sein Freund Mschattre Zimt, zwischen Febr. und Mai 1913

Die Performerin

Ich trage einen wilden Kork im Ohrlapp,
Und Monde tätowiert auf meiner Hand.
versteinerte Käfer fallen von der Schnur ab.

Um topaktuell zu sein, fehlen im Gedicht „An zwei Freunde" nur Zeilen über weiße Ratten auf der Schulter von Hippies. Älter als dieser Trend unter Jugendlichen von heute ist Piercing. Else Lasker-Schüler dürfte gewusst haben, dass schon vor siebentausend Jahren Menschen in Nordafrika Tierknochen und andere seltsame Gegenstände im Ohrläppchen trugen.

Ich bitte um Ruhe! Ich lese hier das Allerfeinste vor! ruft die Dichterin. Lachend oder protestierend verlassen die ersten Besucher den „Kaisersaal" der Stadthalle Elberfeld. Angekündigt war die Veranstaltung am 22. Oktober 1912 nicht als Lesung, sondern als „Vorstellung" von und mit Else Lasker-Schüler. Bedauerlicherweise sind weder Film- noch Tonaufnahmen erhalten. Auch nicht von ihren Auftritten in Radiosendungen. Schade, denn Else Lasker-Schüler inszenierte sich mit ihrem Tonfall ebenso wie mit ihrem Outfit und Alias-Namen wie „Abigail", „Tino von Bagdad", „Jussuf von Theben", „Blauer Jaguar", „Indianer", „Prinz", „Kaiser" oder „Malik".

Nach den eher konventionellen Fotos aus Elberfelder Zeiten und ersten Ehe-Jahren in Berlin entstehen laszive Aufnahmen in ihrem Atelier: mit aufgelöstem, wildem Haarschopf und Blicken, mal trotzig, mal misstrauisch von unten nach oben schauend. Das sind Anzeichen eines selbstbewussten Ausbruchs aus der Bürgerlichkeit. Eine Pionierin der Kunstszene entsteht, heute spricht man da neudeutsch gern von einer „Performerin".

Vielleicht war sie sogar die erste ihrer Art im deutschen Kaiserreich. Junge Leute sehen sie als Vorläuferin von Madonna, Lady Gaga, David Bowie oder Elton John, auch wenn man über Vergleiche streiten kann. Experten sind sich jedenfalls sicher, dass die Auftritte und Foto-Sitzungen der Malerpoetin inszeniert waren. Eine Beschreibung der Künstlerin gibt es von Marie Holzer 1913 in der Zeitschrift *Aktion*: „Und endlich kommt sie herein. In einem Kleid, das des Himmels Blau trägt und zeitlos ist. Wie ein trotziger Knabe steht sie oben. Nur den Kopf sieht man und den Hals. Die kurzen brauen Locken der Pagenfrisur rahmen ein merkwürdig interessantes Gesicht ein."

Ähnlich klingt die Schilderung des Schriftstellers Wieland Herzfelde: „Sie hatte ein blaues Seidengewand an, silberne Schuhe, (auch) die Haare wie Seide, tiefschwarz. Was so überraschte: Jussuf war ganz Weib, schön, voller Sinnlichkeit". Ganz anders wiederum hat die Lektorin Grete Fischer die Dichterin auftreten sehen: „Immer in tadellosem schwarzen Frack, mit gebürstetem Scheitel, aufrecht und beinahe ehrfurchtgebietend." Das war 1923 in Prag, wo man sie auch schon wegen ihres exzentrischen Auftretens für eine Nacht in Polizeigewahrsam genommen hatte.

Der schwarze Schwan, John Höxter

An Else Lasker-Schülers Wimper hängt nach eigenem Bekunden ein Stern. Sie hält sich im Grenzenlosen auf, gewiegt in Hyazinthenträumen, Goldstaub im Haar. Damit jedoch, so wird sie analysiert, habe sie nur „ihre Selbsterfindung über jede Realität gestellt und ihre Dichtung zum eigentlichen Lebensraum erhoben." Introvertiert und extrovertiert zugleich. Ihr Hang zu Talmi, Tand und Kitsch, zu Engeln, Mond und Sternen, Nippes und Rosen ist geprägt durch die Gründerjahre und den Jugendstil. Mit der damaligen Begeisterung für Varieté, Rummel, Zirkus und den Orient, war sie ein Kind der wilhelminischen Ära. Doch sie formt aus diesen Trivialitäten einen eigenen Kosmos, der unendlich größer ist als die Bohème-Clique der Berliner Caféhäuser.

Unter den „merkwürdigen Gestalten“ des „Café Größenwahn“ – offiziell „Café des Westens“ – war Else Lasker-Schüler nach Meinung der Schauspielerin Tilla Durieux die Auffallendste. Sie war eine Herausforderung für Spießbürger, meint Gottfried Benn: „Man konnte weder damals noch später mit ihr über die Straße gehen, ohne dass alle Welt stillstand und ihr nachsah: extravagant weite Röcke oder Hosen, unmögliche Obergewänder, Hals und Arme behängt mit auffallendem, unechtem Schmuck, Ketten, Ohrringen, Talmiringen an den Fingern …“

Vor Kameras posiert sie. Jede Aufnahme ist komponiert. Ihre „Vorstellungen“ sind ungewöhnlich. Oft bei Kerzenschein. Schwarzgekleidet wie später die Existentialisten in Paris. Aber umrahmt mit dem Klang von Glöckchen und Tamburinen.

„Beim Lesen dehnt, gurrt oder singt sie ihre Worte“, erzählt die aus Deutschland stammende Israelin Avital Ben-Chorin. Sie ahmt die Sprechweise der Dichterin bei einem Else Lasker-Schüler-Forum in Wuppertal nach, ergänzt jedoch: „Ich weiß jetzt nicht, ob ich sie im Original nachmache oder nur meinen Mann Schalom Ben-Chorin, der sie trefflich imitieren konnte.“

In der konservativen Kaiserzeit ist das Auftreten der Dichterin eine Provokation: *Ich trage den schwarzen Sammtkaftan mit dem grünen Schleifengürtel*, beschreibt sie einmal ihr Outfit in einer Postkarte an „Herrn Maler Franz Marc“ aus dem *grausig schönen, wildstämmigen Moskau.* Im 21. Jahrhundert würde sich niemand nach ihr umdrehen, aber damals sollen in Elberfeld Menschen die Straßenseiten gewechselt haben, um dieser schrägen Type ja nicht begegnen zu müssen.

In einem Brief an die Malerfreundin Marianne von Werefkin aus dem Jahr 1913 bezeichnet sich Else Lasker-Schüler als „blaue Reiterreiterinfreundin“. Die begleitende Vignette zeigt sie im Profil, Stern und Mond im Gesicht. Auf ihren Zeichnungen mit Tieren reitet sie zirkusreif mal auf einem Bison, einem Elefanten und Kamel oder weidet Ziegen und Schafe. Reine Performance.

Rollenspiele sind künstlerischer Ausdruck der „Performerin“ Else Lasker-Schüler. Nur hat man das damals so noch nicht genannt.

In München wurde sie 1914 wegen ihrer Aufmachung viermal auf der Straße verhaftet. Einmal auch in Prag. Dabei hat sie eine Phantasiesprache gesprochen, die selbst ihre Begleiter nicht verstehen konnten. Für Bayern ergriff sie Vorsichtsmaßnahmen gegen weitere Festnahmen, indem sie ihr turbangekröntes Gewand patriotisch mit einem deutschen Fahnenband und einer Schärpe in den königlich-bayerischen Farben blau-weiß schmückte.

Ihre berühmteste Inszenierung ist die als „Fakir" oder – so die Münchner Kunsthistorikerin Burcu Dogramaci im ELS-Almanach *Der blaue Reiter ist gefallen* – als „Kunstfigur Jussuf von Theben": in Pluderhosen und weißen Stiefelletten, im Gürtel ein Dolch und an den Lippen eine Flöte (auf der sie nicht gerade konzertreif spielen konnte). Die Fotografie in strenger Seitenansicht wie bei einer alt-ägyptischen Stele fügt sie ihrem Roman *Mein Herz* bei. Die Aufmachung könnte vielleicht zu ihren bühnenreifen Auftritten gehört haben. Ist aber nicht verbürgt. Wahrscheinlich war es nur für den Fotografen und die Leser ihrer Bücher gedacht. Erst dreizehn Jahre nach seiner Entstehung gab die Performerin das Bild zur Weiterverwendung frei: Ein Berliner Künstler schuf nach dieser Aufnahme, die heute eine Ikone ist, eine Zeichnung, die 1925 auf dem Cover von Else Lasker-Schülers Streitschrift *Ich räume auf* reproduziert wurde.

Sie hat sich gern in Männerkleidung gezeigt, aber androgyn, wie manche Biografen behaupten, ist sie deshalb noch lange nicht gewesen. Ihr Aussehen, ihre Kleidung und der „Dienstmädchenschmuck" (Benn), machten Else Lasker-Schüler zusammen mit ihrer Lyrik geachtet in der homosexuellen Künstlerszene Berlins. Auch weil sie öffentlich den Paragraphen 175 kritisierte, der Homosexualität kriminalisierte.

Ihre Performances waren Kult in den ersten deutschen Kabaretts. Sie trat auf im „Klub der Kommenden" im Nollendorf-Casino, einem Klub, der zeitweise von Rudolf Steiner geleitet wurde. Seinerzeit illustre Gäste wie Gustav Landauer, Hanns Heinz Ewers oder Johannes Schlaf hielten dort bis zum Morgengrauen durch. Als Kabarettistin, überwacht von „Politischer Polizei", trat

Else Lasker-Schüler im „Urania“, im „Dorian Gray“, im „Cozzola“ oder im „Hungrigen Pegasus“ auf. Vor allem im „Cabaret zum Peter Hille“ unterhielt der poetische Feuervogel das Publikum mit Aphorismen, Prosaskizzen und Gedichten – frühe Vorläufer der Dadaisten und der Slam-Poeten von heute.

Die Gruppe schwuler Dichter und Anarchisten, mit denen sich Else Lasker-Schüler umgab, wurde von der „Politischen Polizei“ kritisch beäugt. Auch die konservative Presse kritisierte die „Duldung der freien Liebe und des Homosexualismus“. Deshalb verbot die Zensur ihr das Vortragen freizügiger Gedichte wie „Nervus Erotis“ oder „Orgie“.

In Szene setzen konnten sich auch schon die alten Ägypter

Orgie

Der Abend küsste geheimnisvoll
die knospenden Oleander.
Wir spielten und bauten Tempel Apoll
und taumelten sehnsuchtsvoll
ineinander.
Und der Nachthimmel goss seinen schwarzen Duft
in die schwellenden Wellen der brütenden Luft,
und Jahrhunderte sanken
und reckten sich
und reihten sich wieder golden empor
zu sternenverschmiedeten Ranken.
Wir spielten mit dem glücklichsten Glück,
mit den Früchten des Paradiesmai,
und im wilden Gold Deines wirren Haars
sang meine tiefe Sehnsucht
Geschrei,
wie ein schwarzer Urwaldvogel.
Und junge Himmel fielen herab,
unersehnbare, wildsüße Düfte;
wir rissen uns die Hüllen ab
und schrieen!
Berauscht vom Most der Lüfte.
Ich knüpfte mich an Dein Leben an,
bis dass es ganz in ihm zerrann,
und immer wieder Gestalt nahm

und immer wieder zerrann.
Und unsere Liebe jauchzte Gesang,
zwei wilde Symphonieen!

Irme trägt die heilige goldene Schlange, um 1920

Die Avantgardistin

Frauen spielen in der offiziellen Kunstgeschichte eine untergeordnete Rolle. Zu Unrecht. Auch als Wegbereiterinnen neuer Kunstrichtungen treten sie kaum in Erscheinung. Das ändert sich behutsam zwischen 1905 und 1919, einer stürmischen Zeit. In Literatur und Malerei ist es die Epoche des Expressionismus. Scheinbar auch eine Epoche der Männer. Im technisch-industriellen Bereich jagt eine Erfindung die andere. Es gibt einschneidende Erkenntnisse in den Geistes- und Naturwissenschaften wie etwa die Röntgenstrahlen, die erste Kernspaltung oder Einsteins Relativitätstheorie.

Die Rolle der Frauen, zumal in der Kunst, ist jedoch weitgehend eine Terra incognita. So wie Sigmund Freuds *Entwicklung der Psychoanalyse*, so verlangt die industrielle Revolution andere, abstraktere Denkweisen. Die Folgen sieht man jetzt ähnlich angesichts des Internetzeitalters in einer globalisierten Welt: Die Menschen reagieren damals wie heute mit Konflikten, Protesten, Abwendung von etablierten Parteien, Hinwendungen zu Sekten, politischen Populisten oder Flucht aus der Wirklichkeit.

Nur die Künstler setzten sich damals (und setzen sich heute) mit der neuen Situation auseinander. Seinerzeit war es die Suche nach der neuen Kunst für neue Menschen. Welch eine spannende Zeit – eine Zeit des Aufbruchs, der Neuorientierung und der Abkehr vom verstaubten Akademismus. Diskriminierung und Chance zugleich für Künstlerinnen. Das Vorurteil aber lautete: Zu großer Kunst sind Frauen nicht fähig. Außerdem fehlt ihnen die nötige Ruhe beim Malen. Für die entsprechende Einstellung in den Köpfen sorgten Schriften namhafter damaliger Kunstkritiker, wie Karl Scheffler, der die steile These aufstellte:

„Frauen werden zeugungsunfähig, wenn sie in der Kunst zu viel Ehrgeiz entwickeln". Überhaupt sei auch die Bildhauerei nichts für Frauenhände, die sollten für Stickereien geschont werden. Noch 1928 behauptete ein Kunstkritiker namens Hans Hildebrandt: „Der Farbsinn des Weibes ist stärker als der Formsinn."

Welche chauvinistische Überheblichkeit. Die Kunst des frühen 20. Jahrhunderts ist männlich dominiert.

Natürlich werden auch Männer im Kunstbetrieb übergangen. Überhaupt ist die Geschichte der Kunst eine Geschichte der Ungerechtigkeit. Doch besonders betroffen hat es bis heute die Frauen. Und das fing damals mit der (erst 1918 aufgehobenen) Nichtzulassung an den Kunsthochschulen an. Wer es sich leisten konnte, besuchte private Damenakademien oder teure Malschulen. Anerkennung brachte aber auch die dort ermöglichte Ausbildung nicht.

In diese Welt tritt Else Lasker-Schüler: *Es pocht eine Sehnsucht an die Welt / an der wir sterben müssen.*

Es sind traumwandlerische Verse, mit denen sie die Grenzen des Alltags sprengt.

Die Künstlerin aus der rheinisch-bergischen Provinz passt noch immer in keine Schublade. Lange vor männlichen Kollegen wie Jakob von Hoddis dichtet sie „Weltende", gültig nach dem Holocaust und bis heute: *Es ist ein Weinen in der Welt / als ob der liebe Gott gestorben wär.*

Das war 1905 in dem Gedichtband *Der siebente Tag*. Wo gibt es das noch in der Literatur, ein Liebesgedicht voller Todesahnung mit einem Weinen in der Welt, als ob Gott gestorben wär? Wo war er, dieser „liebe" Gott, als Menschen wie Else Lasker-Schüler, Thomas Mann, Bertolt Brecht, Lion Feuchtwanger, Ernst Lubitsch, Hannah Arendt, Walter Gropius, Sigmund Freud oder Josef Albers und Theodor W. Adorno ins Exil getrieben wurden? Wo war er bei den brutalsten aller Verbrechen, dem Holocaust? Oder beim Genozid der Türken an den Armeniern, bei den Kolonialverbrechen an Hereros und Nama, bei Stalin, Mao Tse Tung, Pol Pot oder dem „Islamischen Staat", Assad in Syrien, Milošević in Serbien und den Taliban in Afghanistan? Die Liste ließe sich endlos fortsetzen.

Es ist ein Weinen in der Welt ... Mit solcher Lyrik gilt Else Lasker-Schüler als *die* Dichterin der deutschen Moderne. „Ohne Else Lasker-Schüler wäre die Kunst des 21. Jahrhunderts nicht dort, wo sie heute steht." Florian Illies hat recht, wenn er sie so in seinem Buch *1913* heraushebt. Sie schwimmt gegen den Strom. Die Poetin nur auf den Expressionismus zu reduzieren, würde ihr nicht gerecht werden. Ihr Stil erfüllt auch nicht alle von der Literaturwissenschaft geforderten Merkmale dieser Kunstrichtung. Sie, die mit Ulkiaden dem Volk aufs Maul geschaut hat, hat sich um solche Kategorien wenig geschert: *Welcher Dilettant hat das Wort modern erfunden?*, lästert sie.

Auch ihre Themen entsprechen kaum den von Germanisten erwarteten Expressionismus-Kriterien wie zum Beispiel Großstadt, Leben in der Stadt, Angst, Verfall und Krieg. Den Experten, den politischen Gegnern und Antisemiten zum Trotz: Lyrik- und Prosabücher, Vortragsreisen, Auftritte in Theatern und in Rundfunksendungen mehren ihren Ruf. *Es dichtet in mir,* sagt sie. Gedichte in einer Sprache voller Kunstwörter werfen ihre Töne voraus, Dadaismus und Slam-Poetry sind wie ein Echo.

„Was ich an ihr bewundere", schwärmt die Schriftstellerin Kerstin Preiwuß, „ist die Energie, die sie aus sich selbst herauszog, die Fähigkeit, sich eigene ganze Welten zu erfinden, und die Autarkie, zu tun und zu gestalten, was und wie sie es wollte." Im Gegensatz zu ihren oft destruktiven männlichen Kollegen und trotz ihres dornenreichen Lebenswegs gilt sie als Künstlerin mit positivem Weltbild.

Vielleicht auch deswegen sind manche ihrer Dichterfreunde längst vergessen, während der „Stern" der Else Lasker-Schüler strahlt. Als Avantgardistin hat sie mit ihrem Briefroman *Mein Herz* den Stil der heutigen Blogs vorweggenommen. Komponisten vertonen weiter ihre Verse, schätzen ihre „Lyrics", wie man heute sagen würde – eine „Poesie voller dunkler Momente, Erotik, Eifersucht, Schmerz und Trauer, bei der die Außenwelt mit der Seelenwelt konfrontiert wird", so der Wuppertaler Komponist Wolfgang Schmidtke.

Junge Künstler lassen sich von der Lyrik Else Lasker-Schülers zu Bildern, eigenen Texten und musikalischen Videoclips im Internet inspirieren. Ein Beispiel bieten „Die Patentlöser" im Frühjahr 2021 mit dem bis dato unvertonten Gedicht „Frau Dämon". Der Blick auf das Gesamtwerk erweitert sich selbst noch im 21. Jahrhundert. Die Zahl der Übersetzungen wächst ebenso wie die ihrer

Gedichtvertonungen. Das zeugt von einer erstaunlichen Wertschätzung für eine Künstlerin, die bereits seit 1945 tot ist. Eine halbe Ewigkeit in unserer schnelllebigen Zeit. Leben und Werk finden in der kulturgeschichtlichen und literaturwissenschaftlichen Forschung weiterhin Interesse. Mit Symposien, Studien und Dissertationen einer jungen Generation von Wissenschaftlerinnen und Wissenschaftlern im In- und Ausland, mit Ausstellungen wie 2020 im Museum der Moderne in Salzburg und im holländischen Eindhoven.

2021 steht die Totenmaske von Else Lasker-Schüler im Zentrum einer Performance von Yael Davids im Migros Museum für Gegenwartskunst in Zürich. Damit ist die israelische Künstlerin bereits 2017 auf der 14. „Documenta" in Athen und Kassel aufgetreten.

Ebenfalls 2021 gehört die Autorin Else Lasker-Schüler in der „Leopoldina" in Wien zur Ausstellung „Menschheitsdämmerung". Die Schau umreißt die Vielfalt der Dichtkunst der Moderne und versammelt lyrische Texte von Gottfried Benn, Walter Hasenclever, Georg Heym, Georg Trakl, Franz Werfel und – als einzige Frau – den „Prinzen Jussuf".

Am Anfang war *Styx* von 1901/1902. Bereits mit diesem ersten Lyrikband, benannt nach dem unterirdischen Fluss aus der griechischen Mythologie, gelingt ihr der künstlerische Durchbruch. Die Dichterin mit dem Doppelnamen, was seinerzeit selten ist, erregt Aufsehen bei Literaturkritikern und Lesern. Else Lasker-Schülers anfängliche Lyrik ist jedoch noch vom Impressionismus inspiriert. Mit Gedichten wie beispielsweise „Unglücklicher Hass" und den Zeilen: *Wie eine Wildkatze springt / Mein Böses aus mir, / Und beisst nach Dir.*

Ihr Gedichtband *Der siebente Tag*, drei Jahre später erschienen, wird dem Expressionismus zugerechnet, obwohl dieser Stil von Literaturwissenschaftlern meist auf etwa 1910 oder 1914, den Beginn der Kriegszeit, datiert wird und um 1925 endet. 1911 kommt ihr dritter Gedichtband *Meine Wunder* heraus. Mit ihren frühen Gedichten löst sie ein, was ihr Bewunderer, der Journalist und Sprachkritiker Karl Kraus für sich selbst und alle Kollegen gefordert hat: „den

Anspruch auf Unbedingtheit der künstlerischen Wahrheit", so der Literaturwissenschaftler Karl Jürgen Skrodzki. Junge Pop-Musiker sprechen bei „Elses Poesie" von „Lyrics".

Die ungekrönte „Königin der Bohème" beschäftigt sich mit orientalischen Mythen, nennt sich „Hieroglyph" und erfindet wundersame Worte wie „Mostvergorenheit", „Meinwärts" „Dornenlächeln", „Seidenquellen", „Wetterschwielen", „Nachtlandferne", „Rosensanftmut", „Maschentausendabertausendweit" oder „Skalpspiel", um nur einige Beispiele zu nennen.

Else Lasker-Schüler ruht sich nicht aus auf ihren Erfolgen. Ihre Prosabände *Das Peter-Hille-Buch*, das sich mit dem Tod beschäftigt, und *Die Nächte der Tino von Bagdad*, werden 1906 und 1907 veröffentlicht. 1909 ist ihr erstes Theaterstück *Die Wupper* fertig. 1913 folgen die *Hebräischen Balladen*. Sie begründen ihren bis heute andauernden Ruf als ***die*** deutsch-jüdische Dichterin. Zu den Versen über Abraham, Isaak, David und Jonathan, Ruth, Moses und Josua reiht sie sich selbst ein als Jussuf, Prinz von Theben. Jussuf meint Josef. Es ist ihr Alter Ego und später Titel eines Geschichtenbuchs, das 1914 im Verlag der Weißen Bücher in Leipzig erscheint.

Sie schafft das von ihr selbst postulierte „Unverwechselbare" mit ihren Zeichnungen, ihrer Lyrik und experimentellen Romanen. Damit fasziniert und überzeugt sie sogar die selbstbewussten Herren des Bauhauses, von denen die Künstlerinnen (überspitzt gesagt) an die Webstühle kommandiert werden. Umso erstaunlicher, dass es nicht die damals angesagten männlichen Größen der Literaturszene wie Thomas Mann oder Alfred Döblin sind, sondern die Dichterin Else Lasker-Schüler, die von den Machos um Walter Gropius am 14. April 1920 zur Ersten Dichterlesung ins Bauhaus nach Weimar eingeladen wird.

Vortragsreisen, Auftritte in Theatern und in Rundfunksendungen mehren in der Weimarer Republik ihren Ruf als bedeutende Künstlerin. *Es dichtet in mir,* sagt sie und lässt Gedichte in einer eigenwilligen Sprache bis hin zu Dadaismus und Slapstick entstehen.

Die Töchter des Emirs von Apghanistan, um 1918

Zugleich wird die Kritik an Werk und Lebensstil von konservativer Seite größer. Sogar ihre Verleger distanzieren sich, wenn auch aus gutem Grund: Else Lasker-Schüler, verbittert, polemisiert literarisch gegen „die wahren Buchteufel". Im Selbstverlag veröffentlicht sie 1925 mutig die Streitschrift *Ich räume auf! Meine Anklage gegen meine Verleger*. Ihrer Ansicht nach kann die Dichtung aller Dichter nicht den Geldmenschen gehören, sondern der ganzen Menschheit (wie aktuell!) Um ihre Dichterfreunde und die Leser gegen die Macht der kapitalistischen Verleger zu sensibilisieren, zieht Else Lasker-Schüler mit ihrem von den Kritikern „Pamphlet" genannten Text auf Lesereise.

Damit sägt die alleinerziehende Mutter an dem Ast, auf dem sie sitzt.

Dieser Umstand und der Tod ihres Sohnes Paul (1927) führen zu einer Schaffenspause.

Wissenschaftler, die selbst nur trockene Prosa zustande bringen und von den KünstlerInnen Honig saugen, sprechen von einem „Tiefpunkt" in der Modernität von Else Lasker-Schülers Dichtung. Als Ausnahme gilt ihr letztes Lyrikbuch *Mein blaues Klavier*, 1943 in Jerusalem erschienen. Was nach 1920 aus ihrer Feder kommt, sei reine „Sachlyrik", die nur die Wirklichkeit abbildet, mit denen die Dichterin ihre Favoriten und „Spielgefährten" anbiedernd dem Publikum vorstellt.

Inzwischen sehen einige Germanisten das ganz anders. Denn mit ihren Gedichten an ihre Freunde aus Literatur, Theater, Malerei und Musik habe sie ihnen „Denk-Mäler" gesetzt, wie die Wuppertaler Professorin Gabriele Sander in ihrem Essay „ … voll Herrlichkeit das Bildnis" im Almanach „Meinwärts – das Herz der Avantgarde" meint: „Das Bedürfnis, Menschen zu porträtieren, in Bildern oder in Worten, ist universell, ist eine Herausforderung." Bislang fehle eine literaturhistorische Darstellung sämtlicher Spielarten des deutschen Porträtgedichts. „Darin müsste Else Lasker-Schüler einen herausragenden Platz einnehmen, denn ihr lyrisches Werk enthält eine einzigartige Fülle an Texten, die mit den Namen befreundeter Künstler überschrieben oder diesen gewidmet sind."

1932 wird ihr der Kleist-Preis zuerkannt, die damals höchste deutsche Literatur-Auszeichnung. Mit 63 Jahren ist sie die älteste Kleist-Preisträgerin und gibt dem konkurrierenden Kandidaten Hans Fallada das Nachsehen. Völkische Zeitungen giften, weil eine Jüdin den Preis erhält, die „Tochter eines Beduinenscheichs", Verfasserin „entarteter" Texte „voller Gehirnerweichung". Gottfried Benn aber telegrafiert ihr: „Ein Glückwunsch der deutschen Dichtung!"

Die Auszeichnung belegt ihr hohes Ansehen.

Doch schon im folgenden Jahr ändert sich alles. Hitler wird Reichskanzler. Noch bevor die Öfen in den Konzentrationslagern brennen, brennen die Bücher. Else Lasker-Schüler darf nicht weiter publizieren, emigriert in die Schweiz. Dort macht sie 1936 noch einmal mit einem ungewöhnlichen Werk auf sich aufmerksam, mit *Arthur Aronymus und seine Väter.* Im deutschen Reich, wo das christlich-jüdische Versöhnungsstück ursprünglich in Berlin und Darmstadt hätte uraufgeführt werden sollen, herrschen Aufführungsverbote. Bei der Premiere in Zürich war Thomas Mann der prominenteste Besucher.

Szenenwechsel – ein Blick zurück:

1916, 5. Februar abends an der Spiegelgasse 1 in Zürich. Das „Cabaret Voltaire" hat seinen ersten Auftritt. Ein Urschrei, „der bis heute nachhallt", begleitet den Akt: „Dada, Dada, Dada!". Tristan Tzara, Hans Arp, Hugo Ball, Emmy Hennings, Marcel Janco, Sophie Taeuber und Richard Huelsenbeck röhren, girren, schnalzen „Dada". Sie tanzen, singen und stampfen „Dada". Es werden auch Texte von Else Lasker-Schüler rezitiert. Dabei könnte Hugo Ball wahrscheinlich das folgende Lautgedicht vorgetragen haben, sie selbst war nicht anwesend.

Elbanaff

Min salihihi wali kinahu
Rahi hatiman
fi is bahi lahu fassun –
Min hagas assama anadir,
Wakan liachad abtal,
Latina almu lijádina binassre.
Wa min tab ihi
Anahu jatelahu
Wanu bilahum.
Assama ja saruh
fi es supi bila uni
El fidda alba hire
Wa wisuri – elbanaff!

Die Vielverliebte

Wenn die so oft unglücklich verliebte Künstlerin glücklich ist, jubelt pure Lust aus ihren Versen:

Viva!

Mein Wünschen sprudelt in der Sehnsucht meines Blutes
Wie wilder Wein, der zwischen Feuerblättern glüht.
Ich wollte, Du und ich, wir wären eine Kraft,
Wir wären eines Blutes
Und ein Erfüllen, eine Leidenschaft,
Ein heisses Weltenliebeslied!

Ich wollte, Du und ich, wir würden uns verzweigen,
Wenn sonnentoll der Sommertag nach Regen schreit
Und Wetterwolken bersten in der Luft!
Und alles Leben wäre unser Eigen;
Den Tod selbst rissen wir aus seiner Gruft
Und jubelten durch seine Schweigsamkeit!

Ich wollte, dass aus unserer Kluft sich Massen
Wie Felsen aufeinandertürmen und vermünden
In einen Gipfel, unerreichbar weit!
Dass wir das Herz des Himmels ganz erfassen
Und uns in jedem Hauche finden
Und überstrahlen alle Ewigkeit!

Ein Feiertag, an dem wir ineinanderrauschen,
Wir beide ineinanderstürzen werden,
Wie Quellen, die aus steiler Felshöh' sich ergiessen
In Wellen, die dem eignen Singen lauschen
Und plötzlich niederbrausen und zusammenfliessen
In unzertrennbar, wilden Wasserheerden!

Mutig sind diese Gedichte in zweifacher Hinsicht: Sie verraten viel über die die Gefühle der Verfasserin und missfallen der politischen Polizei des Kaiserreichs.

Dein sünd'ger Mund ist meine Totengruft, / Betäubend ist sein süßer Atemduft, / Denn meine Tugenden entschliefen. / Ich trinke sinnberauscht aus seiner Quelle / Und sinke willenlos in ihre Tiefen.

Solche Zeilen wie aus dem Gedicht „Sinnenrausch“, erschienen 1902 in *Styx*, scheinen viel zu verraten. Und dennoch bleiben sie irgendwie geheimnisvoll wie im Gedicht „Liebe“, wo Else Lasker-Schüler von ihrem „Dornenlächeln“ schreibt. Sie glaubt an ihre „Glutkraft“ und ist „brennender Wüstenwind“ in „Weltschmerz“, einem der erotischen Gedichte der Vielverliebten.

Sie ist jung, sie ist cool, sie ist Trend! Und das, obwohl sie vor einer gefühlten Ewigkeit gelebt hat. Sie ließ sich nichts von ihren Eltern, spießigen Kaufleuten, oder den Männern sagen. Neben ihrer Ehe hatte sie Affären mit vielen Künstlern und Schriftstellern: Sie spielte mit den Männern. Das ist wahre Emanzipation, oder? Von einem rassigen Südländer, von dem sie nicht einmal den Namen verriet, bekam sie einen Sohn, nicht vom langweiligen Ehemann. Diese Frau machte Skandale über Skandale! Ihre Liebesgedichte sind geil, andere Gedichte sind ein bisschen schwer zu verstehen, manchmal ergeben sie gar keinen richtigen Sinn. Aber das zählt auch nicht. Wenn du bei deinen Freunden echten Eindruck schinden willst, denke dir eine tiefere Bedeutung aus und sage immer: Das ist so wahr, so wahr!

Was die Hamburger Gymnasiastin Ina Meenen 2003 in einer Arbeit für ihren Deutsch-Leistungskurs schrieb, erinnert an Else Lasker-Schülers Behauptung, ihr Sohn Paul sei ein Kind der Liebe, gezeugt mit dem mal griechischen, mal spanischen Prinzen Alcibiades de Rouan. Sie fabuliert, schwärmt in den Prosageschichten der „Nächte des Tino von Bagdads“ von einer Liebesromanze mit einem schönen Griechenknaben. Und in dem Gedicht „Elegie“ aus ihrem ersten Lyrikband *Styx* scheint sie sich sogar zu offenbaren:

Du warst mein Hyazynthentraum,
Bist heute noch mein süssestes Sehnen,
Aber mein Wünschen zittert durch Thränen
Und meine Hoffnung klagt vom Trauereschenbaum.

Bis heute rätseln Experten und Epigonen um die Vaterschaft. Immerhin erkennt Berthold Lasker ihr einziges Kind 1899 als Sohn an.

Mit dem Arzt war sie seit 1894 verheiratet. Wohl kaum aus überbordender Zuneigung. Als sie den „Bund fürs Leben" eingeht, ist sie beinahe 25 Jahre alt und für damalige Verhältnisse „ein spätes Mädchen".

In Berlin lebt das Paar schon bald innerlich und äußerlich getrennt. Er richtet ihr ein Atelier ein, das für sie auch Liebesnest gewesen sein soll. 1903 wird die Ehe geschieden und fast umgehend eine neue eingegangen. Mit Herwarth Walden, „einem Plebejerzigeuner, der Tag und Nacht in verräucherten Cafés gespielt hat". Jörg Aufenanger, der aus Wuppertal stammt und ein Buch über Else Lasker-Schülers Berliner Jahre geschrieben hat, meint, es sei ihre vielleicht glücklichste Zeit gewesen: „Sie lieben sich, sie leben zusammen, sie arbeiten zusammen im *Sturm*. Doch dieses Glück ist stets gefährdet", weil die Temperamente zu unterschiedlich sind. Er ist der kühle Intellektuelle und kritische Organisator, sie die „leidenschaftliche, eruptive Künstlerin." Der Schriftsteller Richard Dehmel schildert die Szenen dieser Ehe wie ein Filmdrehbuch. Walden habe „mit seinem Spürsinn die Begabung der jungen Frau erkannt, nicht aber ihr Temperament mit derselben Sicherheit". Von dem Pianisten, Komponisten und Galeristen trennt sie sich 1910, zwei Jahre später wird die Scheidung offiziell.

Der Publizist Jürgen Serke meint in seinem Buch *Die verbrannten Dichter*, dass die Beziehung zu Walden „große Liebe" gewesen sein muss: „Goethe hat sich mit den ‚Leiden des jungen Werther' von der Schmerzerfahrung befreit. Sie schreibt sich immer tiefer hinein. Es wird ihr Los, immer tiefer zu erschrecken, von Ereignis zu Ereignis. Es sind noch viele Männer im Leben Else Lasker-Schülers. Fast niemand kann ihrer Zuneigung widerstehen, aber auf Dauer hält ihr niemand stand."

Sie dagegen schreibt: *Immer suche ich nach deinen Lippen hinter tausend Küssen …*

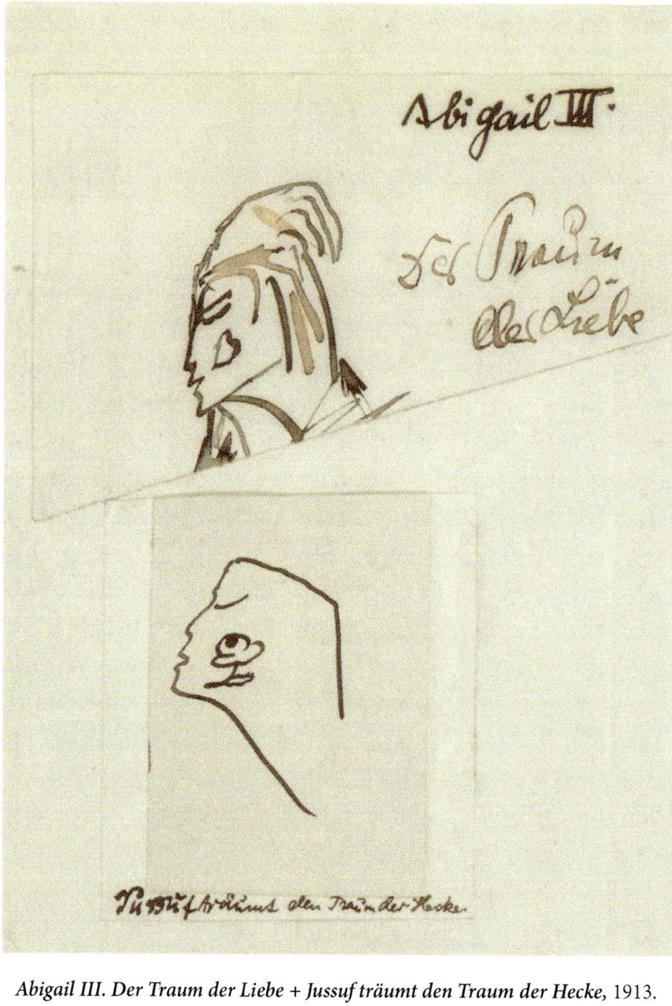

Abigail III. Der Traum der Liebe + Jussuf träumt den Traum der Hecke, 1913.

Nach der Trennung von Herwarth Walden fühlt sie sich wieder freier: „Habe mein Leben der Kunst ganz gegeben." Und erneut der Liebe. Denn der begegnet sie in dem Arzt und angehenden Dichter Gottfried Benn. Er ist 17 Jahre jünger und wird ihr „geliebtester Geliebter", glaubt die Filmemacherin Helma Sanders-Brahms.

Else Lasker-Schüler, längst anerkannte Poetin, protegiert ihn, ist beeindruckt von Benns erstem Lyrikband *Morgue*. Das ist der Sound der neuen Zeit. Die explodierende Syntax des jungen Kollegen reisst Else Lasker-Schüler zu einer Hymne hin: *Lange bevor ich ihn kannte, war ich seine Leserin. Sein Gedichtbuch – Morgue – lag auf meiner Decke: Grauenvolle Kunstwunder, Todesträumerei. Leiden reißen ihre Rachen auf und verstummen, Kirchhöfe wandeln in die Krankensäle und pflanzen sich vor die Betten der Schmerzensreichen an. Die kindtragenden Frauen hört man schreien aus den Kreißsälen bis ans Ende der Welt. Gottfried Benn ist der dichtende Kokoschka!*

Doch so fasziniert Else Lasker-Schüler von ihm ist, so wenig schmeichelhaft urteilt Gottfried Benn über sie zu Beginn der Beziehung in einem Brief an die Schauspielerin Tilly Wedekind: *Sie ist sehr seltsam und genial, aber menschlich ganz fragwürdig und romantisch. Dazu fanatisch antideutsch und lügt, wie alle hysterischen Menschen.*

Dennoch entsteht aus der poetischen Liaison ein Liebesdialog, der zu großer Literatur wird. Oder sollte man statt von Dialog besser von einem Liebes-Duell sprechen? Viel ist darüber seitdem geschrieben und spekuliert worden. Und noch immer gibt die Beziehung Rätsel auf.

Aber wisse: *Ich lebe Tiertage. Ich bin eine Wasserstunde. Des Abends schläfert mein Lied wie Wald und Himmel. Meine Liebe weiß nur wenige Worte: Es ist so schön an deinem Blut.*

So klingt es bei Benn. Von der Prüderie seiner strengen protestantischen Erziehung und der Verklemmtheit der Kaiserzeit ist da nichts zu spüren.

Auch nicht bei dem folgenden Bekenntnis zur sexuellen Lust, von der man nicht weiß, ob sie zwischen den beiden je gelebt wurde:

Mein königlicher Becher!
Meine schweifende Hyäne!
Komm in meine Höhle. Wir wollen helle Haut sein.
Bis der Zedernschatten über die kleine Eichel lief:
Du – Glück!
Ich bin Affen-Adam: Rosen blühn in meinem Haar.
Meine Vorderflossen sind schon lang und haarig.
Baumacht-lüstern. An den starken Daumen
Kann man tagelang herunterhangen.
Ich treibe Tierliebe.
In der ersten Nacht ist alles entschieden.
Man fasst mit den Zähnen, wonach man sich sehnt.

Im Gedicht „Giselheer dem Tiger“ antwortet sie wie ein Echo: *„Ich trag dich immer herum / Zwischen meinen Zähnen.*

„Es geschah in Berlin – 1912. Cafe Größenwahn“. So lautet der Titel eine Krimiserie. Dieses „Café des Westens“ war Ausgangspunkt der geheimnisvollen Beziehung zwischen Else Lasker-Schüler und dem skandalumwitterten Gottfried Benn. Sie gibt ihren aktuellen Männerbeziehungen ein provozierendes Motto: *Nur als Bigamie!*

Alles Bürgerliche ist längst abgeschüttelt. Bigamie also kein Problem. Mit 43 Jahren ist sie immer noch überaus attraktiv. Offiziell ist sie noch mit Herwarth Walden verheiratet.

Sie beginnt den jungen aufstrebenden Poeten Benn zu fördern und bekennt: *Ich kann nicht mehr sein / Ohne das Skalpspiel. / Rote Küsse malen deine Messer / auf meine Brust / Bis mein Haar an deinem Gürtel flattert.*

Ihre neue Beziehung zu dem jungen Mediziner ist spannender als jede Krimi-nalserie.

Ich bin dein Wegrand, Die dich streift, Stürzt ab.

Bis heute, wo auch das Intimste öffentlich ist, bleiben Geheimnisse um diese Beziehung. Als sie nach etwa einem Jahr endet, ist sie verletzt: Sie habe Liebe in die Welt gebracht. Jetzt suche sie *allerlanden eine Stadt, Die einen Engel vor der Pforte hat, Ich trage seinen großen Flügel / Gebrochen schwer am Schulterblatt.*

Seitdem ranken sich Gerüchte um Else Lasker-Schülers angeblich zahlreiche Liebesaffären. Ständig soll sie verliebt gewesen sein, sogar unter dem Fenster von Gerhart Hauptmann himmelnd gestanden haben. Sie selbst sagt dazu: *Die Liebe ist ein von allerhöchsten Höhen geweihter Zustand, den man wie Duft über sich kommen lassen sollte.*

Der Dichter Klabund meint gelassen zu all den Gerüchten: *Else Lasker-Schüler trägt ihr Herz an einer goldenen Kette um den Hals. Sie ist ohne Scham: jeder darf es betrachten …*

Alle Beziehungen verliefen unglücklich, soweit Außenstehende das wissen oder sagen können. Doch diesem Unglücklichsein verdanken wir Normalsterblichen Liebesgedichte, die zu den schönsten deutscher Sprache zählen:

Du! wir wollen uns tief küssen / Es pocht eine Sehnsucht an die Welt, / An der wir sterben müssen, heißt es in „Weltende“, das Herwarth Walden im *Sturm* ebenso veröffentlicht wie „Ein alter Tibetteppich“, eines ihrer bekanntesten Gedichte mit den Zeilen *Wie lange küsst dein Mund den meinen wohl / Und Wang die Wange buntgeknüpfte Zeiten schon?*

Mit solchen Liebesgedichten feiert sie autonome weibliche Erotik. Das war neu und subversiv im prüden Kaiserreich. In bürgerlichen Kreisen galten Frauen als asexuell. Passiv hatten sie sich gefälligst vom männlichen Begehren führen zu lassen. Else Lasker-Schüler jedoch dreht den Spieß um und macht die Männer zu Objekten ihrer dichterischen Begierde. Nicht mehr die Frau, sondern der Mann ist Muse. Ein völlig neues Geschlechtermodell.

Jussuf opfert sein Herz dem Giselheer, 1913

So viel Herz strömt über in sinnlichen Gedichten. Auch gegen Ende ihres Lebens. Ein letztes Mal träumt sie den Traum von der Liebe, trotz oder gerade wegen Traurigkeit und relativem Alleinseins in Jerusalem. Ihre Altersliebe gilt Ernst Simon. Die Moralapostel sind entsetzt. Wieder mal. Empören sich. Der Mann, ein Wissenschaftler, ist nicht nur drei Jahrzehnte jünger, sondern auch noch verheiratet. Die Scheinheiligen empören sich über „eine platonische, dennoch leidenschaftliche Liebe", glaubt Henry Schneider. Er war viele Jahre Leiter des Else Lasker-Schüler-Archivs an der Stadtbibliothek Wuppertal. Dabei verweist Experte Schneider auf *Mein blaues Klavier,* dem letzten von der Dichterin veröffentlichten Lyrikband in Jerusalem. Darin, so lobt er begeistert, seien „die bedeutsamen Liebesgedichte an Ernst Simon."

Noch einmal leuchtet darin jene Leidenschaft auf, die sie lange zuvor in jungen Jahren, um 1900, im Gedicht „Chaos" formuliert hatte: *Ich möcht' einen Herzallerliebsten haben, und mich in seinem Fleisch vergraben.*

Weil der Vielverliebten jedoch meistens kein Happy End beschert ist, endet auch „Chaos", in dem sie anfangs vom unausgesprochenen Ruf nach Liebe schreibt, resignierend: *Die Sterne fliehen schreckensbleich / vom Himmel meiner Einsamkeit.*

Diese Einsamkeit hält sie fest in einem Poem, das einer Zustandsbeschreibung gleicht:

Weltflucht

Ich will in das Grenzenlose
Zu mir zurück,

Schon blüht die Herbstzeitlose
Meiner Seele,

Vielleicht ists schon zu spät zurück.

O, ich sterbe unter euch!
Da ihr mich erstickt mit euch.

Fäden möchte ich um mich ziehen
Wirrwarr endend!

Beirrend,
Euch verwirrend,
Zu entfliehn

Meinwärts.

Kurz vor Redaktionsschluss dieses „Lesebuchs" erreichte den Autor die Nachricht von einem Briefwechsel, veröffentlicht 2021 in dem Buch „Vexierbilder" im Verlag Brill Fink. Benn bekennt sich darin in einem Schreiben an seinen Freund F. W. Oelze am 16. Februar 1952 zu seiner oft angezweifelten Beziehung: *Trete nächsten Sonnabend im British Centre zum 1. Male seit 20 Jahren vor das Berliner Publikum: 10 Minuten über die Lasker-Schüler. Gedächtnisabend. War ja mal meine Freundin 1912, – ach, wie Sie mich verachten wegen aller meiner Affären.*

Die Helikoptermutter

Ich habe immer vor dem Rauschen meines Herzens gelegen,
Nie den Morgen gesehen.
Nie Gott gesucht.
Nun aber wandle ich um meines Kindes
goldgelichtete Glieder und suche Gott.

So trauerte die Dichterin Else Lasker-Schüler um ihren Sohn Paul, gestorben am 14. Dezember 1927 an Tuberkulose in Berlin. Dort war ihr einziges Kind 1899 am 24. August zur Welt gekommen. Fast zeitgleich mit Pauls Geburt werden die ersten Gedichte seiner Mutter veröffentlicht. Und kurz vor seinem Tod erlebt ihr Schauspiel *Die Wupper* am 15. Oktober 1927 am Staatstheater Berlin die zweite Inszenierung. Das Honorar ist bitter nötig, die Rezensionen sind wohlmeinend, dennoch will keine Freude aufkommen: Der Sohn ist sterbenskrank.

Wie ernst die ökonomische Lage ist, zeigt ein Aufruf im *Berliner Tageblatt* am 2. November 1927: „Ein Verleger für Else Lasker-Schüler wird gesucht. Die Aufführung des Schauspiels ‚Die Wupper' im Berliner Staatstheater erinnert eben an die Existenz der Dichterin Else Lasker-Schüler. Es bleibt festzustellen, daß die Werke der Dichterin recht eigentlich brachliegen. Künstlerischer Wert und wirtschaftlicher Erfolg stehen in unvereinbarem Gegensatz …"

Sechs Wochen später liest man am 15. Dezember in der Zeitung einen kürzeren Text: „Am Mittwoch Abend um ½ 9 Uhr starb mein teures Kind, mein geliebter Junge PAUL im 28. Lebensjahr."

Der öffentlichen Todesanzeige folgt von ihr ein bewegender privater Klagetext: *Am Abend, bevor er starb, empfand ich ihn wieder zweijährig. Ich hätte ihn tragen können, einsingen in den Todesschlaf… Wenn ein Kind stirbt, weiß man, daß Raum und Zeit Zustand sind, und man vermag nur zu knien, sein Kind im Sterben zu erreichen* (Marbacher Magazin 71, 1995).

Else Lasker-Schüler war in den letzten Stunden ihres Sohnes hinter einem trennenden Vorhang im Atelier des mit ihr befreundeten jüdisch-arabischen Bildhauers Jussuf Abu im Bezirk Tiergarten. Sie hatte dieses Atelier angemietet, nachdem sie den todgeweihten Paul nach Berlin geholt hatte. Er war in diversen Heilanstalten, auch in der Schweiz, vergeblich behandelt worden. Heute helfen Impfungen und Antibiotika gegen die Infektionskrankheit.

Mein Kind

Mein Kind schreit auf um die Mitternacht
Und ist so heiß aus dem Traum erwacht.

Gäb ihm so gern meines Blutes Mai,
Spräng nur mein bebendes Herz entzwei.
Der Tod schleicht im Hyänenfell
Am Himmelsstreif im Mondeshell.

Aber die Erde im Blütenkeusch
Singt Lenz im kreisenden Weltgeräusch.

Und wundersüß küßt der Maienwind
Als duftender Gottesbote mein Kind.

„Die Mutterliebe ist eine Leidenschaft, die ihre eigene Gewalt und Größe hat, ihre Übertreibungen und sogar ihre Sinnlichkeit." Mit diesem Zitat der Lyrikerin Carmen Sylva (1843 – 1916, verheiratete Königin Elisabeth von Rumänien) lässt sich die Beziehung zwischen Else Lasker-Schüler und ihrem Sohn am besten charakterisieren. Auch mit dem Sprichwort „Mutterlieb altert nie".

Sie war eine „Helikoptermutter". Diese Bezeichnung dürfte Lesern der „Schülerakte Paul Walden im Archiv der ehemaligen Odenwaldschule" in den Sinn kommen. Die Autorin Christl Stark hat über die Beziehung Mutter-Sohn während seiner Zeit in der Odenwaldschule geforscht. Die Ergebnisse sind im Else Lasker-Schüler-Almanach *Das Lied der Emigrantin* veröffentlich. In dieser Promotionsarbeit schildert die Pädagogin Dr. Stark die Beziehung von Mutter und Sohn ausführlich.

Wie viele Eltern ihre Kinder, so hat Else Lasker-Schüler ihren Sohn für hochbegabt gehalten – vor allem als Zeichner, der später seine Bilder in Ausstellung zeigen wird. Es darf angenommen werden, dass die alleinerziehende Mutter große Teile ihrer Honorare für seine wechselnden Privatschulen aufgewendet hat. Als „Paul Walden" besuchte er das Landerziehungsheim Schloss Drebkau, dann die (Jahrzehnte später wegen Missbrauchsskandalen in Verruf geratene reformerische) Odenwaldschule und schließlich das Landschulheim in Dresden-Hellerau: Er war ein schwieriger Schüler, Sohn einer ebenfalls nicht einfachen Mutter. Sie reiste zu den Schulen und warb bei Lehrerinnen und Lehrern in oft langen Briefen (mit ihrer typischen eigenwilligen Rechtschreibung) um Verständnis für Paul, wie im folgenden Schreiben an Edith Geheeb von der Odenwaldschule.

Porträt der Mutter Else Lasker-Schüler, gezeichnet von Sohn Paul.

Es ist mir schon aufgefallen, daß ich keine Nachricht bekam oder empfingen Sie meinen Brief vor kurzer Zeit nicht? Ich bin überzeugt, daß gerade Sie und Herr Dr. Geheeb ebenso große Besorgniß hätten für ein eigenes Kind wie ich für meinen Paul …

Aufgrund von Querelen um die Schulspeisung schreibt sie:

Ich bin davon überzeugt, die Kinder bekamen unglaubliche Nahrung. Aber darum ist mein Paul nicht durchgebrannt. Er ist der bescheidenste Junge in Eßgeschichten, den ich kenne; er ist direkt viel zu männlich, um dergleichen Dinge zu verstehn ... Aber ich will nicht klagen, ich meine nur, daß man ein Kind nicht zwingen darf wo es zu bleiben wo es kein Frohsinn findet wo es nicht springen darf.

Ich bin auch nichts für Paul, ich bin zu angegriffen vom Leben, ich kann es nur körperlich mit ihm durchsetzen – Sie werden sehen, er ist groß und gesund nur etwas hastig und er stottert, wenn er verlegen ist. Er hat Takt und feines Empfinden.

Else Lasker-Schüler entschuldigt im Brief ihr eigenes Verhalten, will für Paul lieber so etwas wie ein „jüngerer Bruder als seine Gouvernante" sein. Sie sei *nicht immer gerecht und geduldig zu ihm, ich habe gar keine Nerven mehr für ein Kind und mein Herz ist krank.*

Schüler Paul Walden

Wie sehr die exzentrische Dichterin und der Sohn sich gegenseitig beeinflusst haben, darüber kann man Vermutungen anstellen. Beim Sohn würden Mediziner heutzutage vielleicht ADHS diagnostizieren, Hyperaktivität, Aufmerksamkeitsdefizit. Ein solches Krankheitsbild kann man aus einem Brief schließen, den der Reformpädagoge Gurlitt am 30. April 1912 an seinen Kollegen Paul Geheeb geschrieben hat, den Leiter der Odenwaldschule in Oberhambach bei Heppenheim:

„Ich höre, dass Ihnen ein Paul Walden als Schüler angeboten wird. Er wurde nach 8 Tagen aus der Schule am Buschgarten bei Eberswalde entfernt und hat sich dann in 3 Wochen bei uns sehr unnütz gemacht, ist schließlich

Der Emir von Aphghanistan und die Emirsgattin, um 1935

ausgerissen und hat einen Schüler mit dazu verleitet. Ich warne Sie, den Angaben der sehr exzentrischen Mutter Glauben zu schenken. Der Junge war bei 12 Lenzen schon auf 11 Anstalten und renommiert damit. Ein böses Pflänzchen! Ich halte es für meine Pflicht, Sie zu warnen …

– Mit besten Grüßen Ihr sehr ergebener Prof. L. Gurlitt"

Die Zeitzeugin Grete Fischer schildert die Mutter-Sohn-Beziehung in ihrem Buch über *Dienstboten, Brecht und andere Zeitgenossen* mit den Worten:

„Sie behandelte ihn kameradschaftlich und zuweilen wie einen Liebsten – aber er sagte *mir* einmal: ‚Ich wollte, ich hätte eine ganz gewöhnliche, dumme Mutter, so eine Frau Schmidt oder Schulze' – und man konnte es ihm nachfühlen.

Mit zwanzig Jahren wurde er tuberkulös. Das war in einer Zeit, in der ich wenig von ihr sah, aber ich bin sicher, daß sie alles für ihn getan hat, was möglich war … Ich glaubte ihr lange nicht, daß er wirklich so schön wäre, bis ich ihn traf und ihr recht gab. Er war ein armer Kerl, trotz ihrer Liebe; obwohl sie sich viel Mühe gegeben hatte und gab, war er vernachlässigt und verwöhnt, halbgut erzogen, nie gut ernährt [‚als ich mit Walden verheiratet war, waren wir so arm, daß ich ein ganzes Jahr nur eine Bluse hatte, die wusch ich nachts und zog sie früh wieder an, und die war ein altes Hemd von Walden']. Paul wurde vom zweiten Lebensjahr an abends mitgenommen, wenn sie ausging, vorher hatte sie wohl hie und da ein Mädchen gehabt. Das Kind saß mit im Kino, sie liebte Kino, ‚und er hat es auch gern gehabt', versicherte sie. Sie kaufte für ihn, was sie nur erdenken konnte. Sie sparte monatelang für eine Uhr für ihn. Sie bewunderte seine Zeichnungen, die wirklich begabt waren, aber er erhielt nie eine Ausbildung. ‚Paul braucht Handschuhe' – ‚ich habe Paul schöne Hemden gekauft, er ist so elegant.'"

Als ihr Sohn noch klein war, hat ihm seine Mutter in ihrer Zuneigung, volkstümlich auch Affenliebe genannt, Kindergedichte gewidmet:

Die Pavianmutter singt ihr Paviänchen in den Schlaf
(Wiegenliedchen)
(Meinem kleinen Päulchen. Aus: *Das Peter-Hille-Buch)*

Schlafe, schlafe,
Mein Rosenpöpöchen,
Mein Zuckerläuschen,
Mein Goldflöhchen,

Morgen wird die Kaiserin aus Asien kommen
Mit Zucker, Schokoladen und Bombommen,

Schnell, schnell,
Haase Haase machen,
Sonst kriegt Blaumäulchen nichts von den Sachen.

Auf der CD „Else Lasker-Schüler Experience" haben Wolfgang Riess, Komposition, und Sibylle Friz, Gesang, dieses Kindergedicht für Paul in Töne gefasst:

Ein Ticktackliedchen für Päulchen

Mein Hämmerchen, mein Kämmerchen
Pamm pamm, pumm pumm
pamm pamm, pumm pumm

Mein Schläferchen, mein Käferchen
pumm pumm, pamm pamm,
pumm pumm, pamm pamm,

Mein Ührchen tick, mein Türchen tack
tick tack, tick tack
knackknack, ticktack.

Die Netzwerkerin

Wir Dichter aller Künste wollen uns zusammenschließen, dass wir stark werden, fordert Else Lasker-Schüler 1923 in *Ich räume auf!* Das ist kein Aufruf zur Gründung einer Künstlergewerkschaft, sondern eine Anklage gegen ihre Verleger. Unterstützung dafür hat sie nicht organisieren können, doch ihr Freundschaftsbund mit der Kollegenschaft ist fast schon sensationell.

Soziale Netzwerke stiften im 21. Jahrhundert „Freundschaften" und arbeiten mit Begriffen wie „Gutenberg-Galaxis" oder „digital bohemian". Analoger Vorläufer davon war die Künstlerbohème des ausgehenden 19. und frühen 20. Jahrhunderts. Die Szene traf sich bevorzugt in Cafés und Kneipen, in Berlin ebenso wie in Paris, Wien oder Prag. In der Anonymität der Metropolen pflegten sie ihre überschaubaren Freundschaftsbande. Mittendrin in der „kreisenden Weltfabrik" an der Spree: Else Lasker-Schüler aus der rheinischen Provinz. Als „Networkerin", wie man heute sagen würde, spann sie ihr Netz lange vor Facebook, Twitter und Instagram. Ohne Handy, PC und Internet. Aberhunderte von Briefen und Postkarten waren ihr Kommunikationsmittel. Mit der Hand geschrieben.

Angesichts sozialer und emotionaler Obdachlosigkeit schufen die verhöhnten Bohemiens „Inseln von Authentizität und Mitmenschlichkeit" (Magnus Klaue in der *FAZ*). Treffpunkte wie das „Café Größenwahn" und das „Romanische Café" in Berlin werden Jahrzehnte später verklärt als Treffpunkt einer „Gemeinschaft im Geiste der Moderne". Andere sagen kritisch, dass dort Kabalen geschürt wurden, man sei neidisch, hässlich und intrigant gewesen.

Lange vor Fritz Teufel, Rainer Langhans oder Uschi Obermaier und ihrer Kommune 1 gab es eine Art Vorläufer: Die Neue Gemeinschaft. Mit Paul Scheerbart, Peter Hille und Herwarth Walden, den Else Lasker-Schüler dort kennenlernte.

Das Netzwerk, das Else Lasker-Schüler spinnt, ist erstaunlich. Sie verknüpft es mit Gedichten, die den Freundinnen und Freunden gewidmet sind. Kritiker meinen, Lasker-Schülers Oden an diese Künstlerinnen und Künstler seien Beleg dafür, dass ihr andere Stoffe ausgegangen waren. Wohlmeinende sprechen von literarischen Denkmälern. Diese Gedichte tragen als Titel die Namen der Freunde. Die Freundschaftsbande hielten in guten wie in schlechten Zeiten. Als Else Lasker-Schüler im Café Hausverbot erhielt, weil ihr Söhnchen Paul Kuchen stibitzt hatte, verließen auch die prominenten anderen „Netzwerker" aus Solidarität mit der alleinerziehenden Mutter für einige Zeit die Lokalität. Erst als der Wirt merkte, dass er sich ins eigene Fleisch geschnitten hatte und der Umsatz zurückging, nahm er die gesamte Bagage samt Else Lasker-Schüler wieder auf.

Zum Freundeskreis zählten Schriftsteller wie der „grüne Heinrich" Max Herrmann-Neiße (*seine Gedichte sind große pietätvolle Wanduhren*), Alfred Döblin (*Berlin Alexanderplatz*), Georg Trakl, Karl Kraus, Peter Hille, Albert Ehrenstein, der rasende Reporter Egon Erwin Kisch, Franz Werfel, Richard Dehmel, der in Berlin lebende Wuppertaler Peter Baum oder der dichtende Journalist Hans Sahl, Schauspielerinnen wie Therese Giehse, die Bildhauerin Milly Steger sowie Jankel Adler und seine Maler-Kollegen der Künstlergruppen „Blauer Reiter" und „Die Brücke". Die gemalte Korrespondenz zwischen ihr und Franz Marc gilt als ein Glanzpunkt der Kunstgeschichte. Seine Postkarten an sie, die wie Sonnenstrahlen in ihre Behausung einfallen, muss sie verkaufen. Als sie später den wahren Wert erkennt, möchte sie die kleinen Kunstwerke, alles Originale, zurückhaben. Doch dafür fehlt das Geld.

Chaluzim kommen aus den Orangenhainen, um 1935

Versöhnung, Holzschnitt von Franz Marc für das gleichnamige Gedicht von Else Lasker-Schüler in der Zeitschrift „Der Sturm", 1912.

Einige der Freunde illustrieren Texte von Else Lasker-Schüler in den damals angesagten expressionistischen Zeitschriften. Bekanntestes Beispiel dafür ist der Holzschnitt von Marc zu ihrem Gedicht „Versöhnung" im *Sturm*.

Als exemplarisch für die Wirksamkeit des „Netzwerks" gilt der 17. Februar 1913: Im Neuen Kunstsalon München stellen „Else-Freunde" Bilder für eine Auktion zugunsten der hungerleidenden Künstlerin zur Verfügung. Franz Marc stiftet das „dem Prinzen von Theben" gewidmete Gemälde „Der Traum". Weitere Bilder kommen von Heinrich Campendonck, Erich Heckel, Paul Klee, Alexej von Jawlensky, Oskar Kokoschka, Ernst Ludwig Kirchner, Alfred Kubin, August Macke, Otto Mueller, Emil Nolde, Karl Schmidt-Rottluff und Marianne von Werefkin. Die Gemälde sind heute Unsummen wert. Damals, am Vorabend des Ersten Weltkriegs, wird jedoch kaum etwas davon verkauft.

In diesem Krieg fielen Freunde wie Franz Marc. Georg Trakl stirbt nach schrecklichen Erlebnissen mit Toten und Verwundeten. Zunächst hatte er sich erschießen wollen. Zur Beobachtung seines Geisteszustandes war er anschließend in ein Krakauer Militärhospital eingewiesen worden, wo am Abend des 3. November nach Einnahme einer Überdosis Kokain sein Herz stillsteht. Else Lasker-Schülers Nachruf ist so kurz und wie eindrucksvoll:

Georg Trakl erlag im Krieg von eigener Hand gefällt.
So einsam war es in der Welt. Ich hatt ihn lieb.

Andere Männer und Frauen aus dem Freundschaftsgeflecht fliehen in der NS-Zeit. Ihnen allen widmet sie 1943 ein Gedicht.

An meine Freunde

An meine treuen Freunde, die ich verlassen musste,
und die mit mir geflüchtet in die Welt.

Nicht die tote Ruhe –
Bin nach einer stillen Nacht schon ausgeruht.
O ich atme Geschlafenes aus,
Den Mond noch wiegend
Zwischen meinen Lippen.

Nicht den Todesschlaf,
Schon im Gespräch mit euch – himmlisch Konzert –
Ruhe ich aus …
Und neu' Leben anstimmt
In meinem Herzen.

Nicht die tote Ruhe,
So ich liebe im Odem sein;
Auf Erden mit euch im Himmel schon
Allfarbig malen auf blauem Grund –
Das ewige Leben.

Der Ueberlebenden schwarzer Schritt
Zertritt den Schlummer, zersplittert den Morgen.
Hinter Wolken verschleierte Sterne
Über Mittag versteckt ....
So immer neu uns finden.

In meinem Elternhause nun
Wohnt der Engel Gabriel.
O ich möchte mit euch dort
Selige Ruhe in einem Fest feiern:
Sich die Liebe mischt mit unserm Wort.

Aus mannigfaltigem Abschied
Steigen aneinander geschmiegt die goldenen Staubfäden,
Und nicht ein Tag ungesüsst bleibt
Zwischen wehmütigem Kuss – –
Und Wiedersehn.

Die Ulkiadin

Wer knuspert so spät durch Nacht und Wind? Es ist ein Puffer in Tantchens Spind, heißt es in der „Ulkiade" vom Kartoffelpuffer. Verfasserin ist Else Lasker-Schüler. Sie war und ist keine Olympierin, entrückt wie Schiller. Sondern handfest. Gesegnet mit einer gehörigen Portion Humor und Ironie: *In all den Jahren, die ich lebe, ist mir eines ganz gewiss geworden: Ich kann keinen Bohnenkaffee vertragen.*

Die Wahrheit ist, dass sie sich wohl nur selten Bohnenkaffee leisten konnte. Dichtung und Wahrheit, Leben und Traum sind bei dieser Künstlerin miteinander verwoben. Gerühmt werden von den Experten die Neuartigkeit ihrer Bildwelt und die Ekstatik ihres Ausdrucks. Vergessen wird dabei ihr Humor, der Else Lasker-Schüler geholfen haben dürfe im schwierigen Leben. *Die Leute nennen mich ein' Luftikus – vielleicht bin ich's auch – ein bißchen ausgelassen, – aber dann auch nur für mich.*

Diese Selbstbeschreibung dürfte mehr Wunschdenken als Wirklichkeit gewesen sein. Die Realität sieht eine Frau, die oft tief verwundet ist. Eine arme Malerpoetin. Darüber hinweg hilft – Humor. Ihr (jüdischer?) Witz bleibt dennoch in den Biografien relativ unerwähnt. Zu Unrecht, wie beispielsweise der Text über einen der tagtäglichen Caféhausbesuche zeigt. Es sind Besuche unter trostlosen Umständen. Da hilft nur, wenn sie trotzdem lacht:

Ich war heute als Petz verkleidet im Café. Ein Autolenker hat mir sein Fell geliehen. Im hinteren Raum saßen die Theaterheimkehrer. Am Nebentische debattierten die Oberlehrer, bei Professor Cohn würde ich heute noch Latein lernen. In der kleinen Sofaecke aber schlummerte Höxter, er lässt lässig die Fransen über die Augen hängen ... Neben ihm saß Frau Spela, eine heimliche Schnecke, fein zusammengeballt, mondscheinfarbene Parkstimmung ... Cajus-Majus brummte ich einige Male aus meiner Bärenhaut an. Auch Pechstein mit seinem Indianermädchen ... Zuletzt kam unser lieber Doktor Wauer, der erkannte mich an meinem Gezott, ich schwitzte aber auch eine ganze Wupper.

Die Künstlerin, die schon früh Herzprobleme hatte und an Angina Pectoris sterben wird, nimmt auch ihre Gebrechen selbstironisch hin: *Wenn mein Herz gesund wär, spräng ich zuerst aus dem Fenster; dann ging ich in den Kientopp und käm nie wieder heraus. Es ist mir genau so, als ob ich das große Los gewonnen hab' und keinen Stall ‚umsonst' auftreiben kann. Das Leben ist doch eigentlich ein Wendeltreppendrama, immer so rund herauf und wieder hinunter, immer um mich selbst wie bei den Sternen. Ich bin in freudiger Verzweiflung, in verzweifelter Freudigkeit; am liebsten machte ich einen Todessprung oder einen Jux.*

Von der gefeierten „größten Lyrikerin, die Deutschland je hatte" (Benn) stammen unerwartete Scherzverse wie *Die Leber ist von einem Hecht / Und nicht von der Sardine. / Der schönste Fisch war Engelbrecht – Der trocknet auf der Düne. / Die Leber ist von einem Hecht, / Dess' Leben war nicht zähe. / Er reimte gut, er reimte schlecht / Und starb an der Trochäe.*

Da blitzt die Kindheit auf, aus der man als Erwachsener verscheucht ist: *Es ist unverschämt, kein Kind mehr zu sein.*

Doch Else Lasker-Schüler hat sich die unbeschwerte Fröhlichkeit ihrer Kindheit im behüteten Elternhaus trotz widriger Umstände bewahrt: Erinnerungen an Knöpfe-Spiele mit der Mutter. Und an einen Vater, der für sie ein „Eulenspiegel" und ein „Clown" ist. Schelmisch sei er gewesen und schon weißhaarig, obwohl er erst 12 Jahre alt ist, wenn er die gleichaltrige Tochter zur Schule begleitet. Das klingt nach einem weiblichen Münchhausen. Das gilt auch für einen Brief an den österreichischen Autor Karl Kraus: *Wir waren wie 2 Jungens befreundet. Jeder 14 Jahre alt. Auf einmal seh ich ihn wieder, ist er 50. Er hat das Flüstern und den Ernst des Spiels verloren.*

Ein Sprung von 14 auf 50 – dieses eigenwillige Zeitgefühl ist dichterischer Akt, gewürzt mit einer Prise Humor. Galgenhumor hilft über den Hunger hinweg: *Herwarth, heute gabs wieder nur Aufschnitt bei mir. Dabei esse ich so gern Ente mit Mirabellen.*

Humorig reimt sie über den Mond, der wilde Fratzen schneidet und verheiratet ist:

Groteske

Seine Ehehälfte sucht der Mond,
da sonst das Leben sich nicht lohnt.
Der Lenzschalk springt mit grünen Füßen,
Ein Heuschreck über die Wiesen.
Steif steht im Teich die Schmackeduse,
Es sehnt und dehnt sich Fräulein Lucie.

Schalk blitzt auf aus Kindergedichten von der Pavianmutter und ihrem „Rosenpopöchen" oder über den Schupfen:

Ich trage meinen Schnupfen heute noch mit Würde,
Und klage nicht das launige Sommerwetter an.
Ich finde, »klagen«, irgendwie absürde,
Wenn man noch eben etwas schnaufen kann.
Nähm ein Verleger mir nur meine Bürde,
Die ungedruckt an meinen Ästen hängt.
Die vielen Verse werden erst zur Zierde,
Wenn ein Verlag sich druckreif danach drängt.
Gedichte, die ich in den letzten Jahren schmierte,
Prosa hellrosa, cetera, was liegt daran –
In die ich en passant die Welt einschnürte,
Beweise lieferte, daß ich was kann.
Und erst was können könnt, postwendend postrestant.
Was drängt Ihr euch zu lindern meinen Schnupfen,
Als wären wir beinahe blutsverwandt.
– Am Abend führ ich in mein Nasenloch den Wattetupfen –
Vorher – in Glyzerin getaucht und – schnarche dann.

Sie flunkert, was das Zeug hält. Augenzwinkernd behauptete sie, mit fünf Jahren ihr erstes Buch geschrieben zu haben. Angeblich ein Bestseller. Vermutlich muss sie selbst darüber kichern. Im Zweifelsfall hilft Lachen. Über ihre Enttäuschungen in Liebesdingen rettet sie sich mit Witz hinweg: *Du weißt doch, was ich von der Liebe halte. Wäre sie eine Fahne, ich würde sie erobern oder für sie fallen.*

Dass dieser Humor noch heute wirksam ist, dazu eine kleine Geschichte:

Als 1997/98 in Berlin Schöneberg die nach dem Antisemiten und Hitler-Fan August von Mackensen benannte Straße umgewidmet werden soll zur Else Lasker-Schüler-Straße, kochen die Emotionen der verärgerten Anwohner hoch. Bis die Schauspielerin Angela Winkler das oben erwähnte Reibekuchen-Gedicht rezitiert. Die zuvor so wütenden Leute lachen, nehmen nun in Kauf, dass sie alle Dokumente ändern müssen, Pässe und Führerscheine, Visitenkarten und Telefonbucheintragungen. Besänftigt werden sie durch den Vortrag der balladenhaften Kartoffelpuffer-Ulkiade, in der es heißt:

In Köln, Ohligs, Düsseldorf, Neuß, Hamm, Dortmund, Coblenz, Neuwied wirkt das Nationalgericht geradezu elektrisch. Namentlich im Wuppertal, wo des Reibepfannekuchens Pfanne stand und in Elberfeld-Barmen die Butter der Welt erblickte. Ursprünglich wurde er in reiner Butter gebraten; heute noch ganz ohne Butter im ärmsten Viertel der Wupperstädte nicht. Das half and half hingegen, beleidigt die Zunge des Wuppertaler Feinschmeckers …

Der Schah von Persien Abdullah,
Fand im Puffer goldenes Frauenhaar.
Er ließ die Dame zu sich kommen.

Ihr subtiler Humor wird auch deutlich in *Mein Herz* mit dem witzigen Untertitel „Ein Liebesroman mit Bildern und wirklich lebenden Menschen". Darin gesteht sie ihrem nach Norwegen gereisten Mann, gleich mehrere Liebhaber zu haben, etwa den Sohn eines Sultans aus Marokko und einen Erzbischof, der in seiner Junggesellenklause nicht nur ihr Haar küssen darf. *Findest Du das schlimm?*, fragt sie ihren Ehemann (und damit ihre Leser). Der Erzbischof soll mit ihr in Sibirien spazieren gegangen sein, gemeint ist jedoch nicht das hinterste Russland, sondern der Lützowerplatz in Berlin. Mit dem bärtigen

Sultanssohn habe sie vergnüglich öffentlich getanzt. Im Lunapark. Es ist ihre Reaktion auf Waldens neue Liebe zu einer blonden Schwedin. Doch für sie ist das kein Fremdgehen, sondern „Fahnenflucht“

Der Schlangentänzer in Tiba, um 1927

Jussuf weidet die Ziegen und Schaafe, um 1927/28

Als sie einst angeblich in Jerusalem in der Synagoge Pralinen aus laut knisterndem Papier wickelt und genüsslich verspeist, während ringsum die andächtigen Juden immer empörter reagieren und schließlich Ruhe und Würde fordern, soll sie geantwortet haben: *Stören Sie meine Andacht nicht.* So kommuniziert sie mit Gott. Humorvoll. Selbst dann, wenn sie ernsthaft und lustig zugleich dichtet:

Im Anfang *(Weltscherzo)*

Hing an einer goldnen Lenzwolke,
Als die Welt noch Kind war
Und Gott noch junger Vater war.
Schaukelte hei
Auf dem Ätherei

Und meine Wollhärchen flitterten ringelrei.
Neckte den wackelnden Mondgroßpapa,
Naschte Goldstaub der Sonnenmama,
In den Himmel sperrte ich Satan ein,
Und Gott in die rauchende Hölle.

Die drohten mit ihrem größten Finger
Und haben „klumbumm, klumbumm" gemacht,
Und es sausten die Peitschenwinde;
Doch Gott hat nachher zwei Donner gelacht
Mit dem Teufel über meine Todsünde.

Würde 10 000 Erdglück geben.
Noch einmal so gottgeboren zu leben,
So gottgeborgen, so offenbar.
Ja, ja,
Als ich noch Gottes Schlingel war!

Die Vertonte

„Ach diese Gedichte. Ich will sie komponieren, alle!“[1] Aber nicht alle Gedichte von Else Lasker-Schüler sind für die Ewigkeit. Friedrich Hollaender, von dem die vorstehenden Sätze stammten, hat „nur“ eines ihrer Gedichte vertont, „Versöhnung“ in zehn „Liedern für Gesang und Klavier“.[2]

Berühmt geworden ist er auch nicht mit dieser Lied-Komposition, sondern mit „Ich bin von Kopf bis Fuß auf Liebe eingestellt“ und anderen Chansons für Marlene Dietrich. Aber Hollaender, der bereits im Teenageralter von 17 Jahren in Berlin für die Poetin zu schwärmen begann, war einer ihrer frühen Komponisten. Die Bühnenmusik des damals 22-Jährigen für die Uraufführung von Else Lasker-Schülers erstem Bühnenwerk *Die Wupper* gilt als verschollen. Verschwunden während der Kriegswirren. Möglicherweise wurde die Partitur von den Nazis als „entartet“ vernichtet.[3]

Friedrich Hollaender gehörte zu jener Schar von zunächst nur 34 Komponisten, die bis 1945 Gedichte von ihr vertonten. „Lasker-Schülers zweiter Ehemann Herwarth Walden, Pianist und Galerist, war der erste ELS-Komponist mit den Gedichtvertonungen „Dann“, „Verdammnis“ und „Vergeltung“. Diese Partitur, sein op. 1 zu Gedichten seiner Frau, wurde von Marc Chagall illustriert.[4] Der berühmteste Komponist war 1917-20 Paul Hindemith mit den Gedichten „Weltende“ aus op. 9, „Ich bin so allein“ aus „Zwei Lieder für Alt und Klavier“, sowie „Traum“ und „Du machst mich traurig“ op. 18.[5]

---

[1] Hollaender, Friedrich; Kühn, Volker (Hg.) (1996): Von Kopf bis Fuss. Mein Leben mit Text und Musik. 1. Aufl. Bonn: Weidle. ISBN 3931135179. S. 32

[2] Vgl. Bellenberg, Karl (2019): Else Lasker-Schüler, ihre Lyrik und ihre Komponisten. Zugl. Diss. Univ. zu Köln 2019. 1. Aufl. Berlin: wvb Wissenschaftlicher Verlag Berlin. ISBN 978-3-96138-132-6. S. 290.

[3] Vgl. ebda.

[4] Vgl. ebda. S. 396.

[5] Vgl. ebda. S. 276f.

Eine ähnliche Begeisterung für Lasker-Schülers Lyrik wie bei Hollaender ist von Ulrich Eckhardt überliefert, dem Intendanten der Berliner Festspiele. Er war eine Größe im Berliner Kulturleben; mit seinem Namen sind die Filmfestspiele, die Berliner Festwochen, die Musikbiennale und das Jazzfestival verbunden. Ein besonderes Anliegen waren Eckhardt die Rehabilitation und die Wiederentdeckung der während des „Dritten Reichs" verfolgten Künste und Künstler. Zu seinem 60. Geburtstag am 28. Mai 1994 wünschte Eckhardt (einst Schüler Herbert von Karajans) von den geladenen 14 Komponisten – darunter Josef Tal, Wolfgang Riehm und Hans Werner Henze – ein Konzert mit Kompositionen zu Lasker-Schüler-Texten. Die Komponisten dieses Geburtstagskonzerts hatten „in den meisten Fällen zum ersten Mal und just zu diesem Anlass als Freunde Ulrich Eckhardts Texte der Dichterin vertont … Die einzige komponierende Frau in diesem Keis war die damals noch wenig bekannte russische Sofia Asgatovna Gubaidulina, die zwei Jahre zuvor nach Deutschland eingewandert war." Ihre Komposition „Ein Engel" für Alt und Kontrabass beschloss das Konzertprogramm.

Nachzulesen ist die Beschreibung dieser Geburtstagsaktion in der umfangreichen Dissertation Karl Bellenbergs.[6] Sein 2019 veröffentlichtes Buch „Else Lasker-Schüler. Ihre Lyrik und ihre Komponisten" könnte man auch als eine Art Werkverzeichnis bezeichnen. Damit hat der Musikwissenschaftler in der ELS-Forschung nicht nur neue Erkenntnisse herausgearbeitet, sondern Maßstäbe gesetzt. Es belegt, dass die Poetin mit (inzwischen) mehr als 453 Komponisten und mehr als 1.936 Liedern (zum Redaktionsschluss) als die meistvertonte deutschsprachige Dichterin gilt. Erstaunlich ist, dass der Hype einer Autorin gilt, die 1945 im Exil gestorben ist und nach dem Willen der Nazis dem Vergessen anheimfallen sollte (wie andere jüdische Künstler und Künstlerinnen auch).

Die ertragreichste Zeit der Wiederentdeckungen und Vertonungen begann in den 60-er Jahren des 20. Jahrhunderts. Selbst im 21. Jahrhundert liegt Else Lasker-Schüler noch im Trend, etwa auf Youtube.[7] Sogar ihre Prosa verlockt

[6] Vgl. ebda. S. 276f.
[7] Ebda. S. 33-41.

zum Komponieren: Aus Anlass ihres 150. Todesjahres erfolgt an der Hamburger Staatsoper die Uraufführung der Vertonung ihres politischsten Theaterstücks *IchundIch* als Oper von Johannes Harneit. Im Dezember des gleichen Jahres gibt es die Uraufführung von *Ich habe dich gewählt …* (2019) Symphonisches Gedicht Nr. 2 auf Texte von Else Lasker-Schüler op. 82 für Mezzosopran, Sprechstimme, Chor und großes Orchester, komponiert von Lutz-Werner Hesse, damaliger Geschäftsführender Direktor des Standorts Wuppertal der Hochschule für Musik und Tanz Köln.

Ich räume auf! wurde von dem renommierten Freejazzer Peter Kowald bei einer WDR-Veranstaltung zur Verabschiedung des Studioleiters Hajo Jahn am 7. September 2000 in Wuppertal für Kontrabass und Obertongesang musikalisch gestaltet. Ein Schauspieler trug dabei den Text vor.

Mit *Neue Menschen* und *Mein lieber Blauer Reiter* entstanden sogar Kammeropern über Else Lasker-Schüler, komponiert von Peter Michael Braun und Reinhard David Flender.

Eine Erklärung für diese Faszination der Komponisten zu den „klanglichen und rhythmischen Qualitäten der Lasker-Schülerschen Poesie, ihrer Melodie und Farbigkeit“ (Dr. Uta Großmann) lieferte der Schriftsteller Arnold Zweig in seiner Eigenschaft als DDR-Präsident der Deutschen Akademie der Künste: „Sie ist die ursprünglichste weibliche lyrische Kraft in deutscher Sprache, welche das zwanzigste Jahrhundert bis heute hervorbrachte.“

Else Lasker-Schüler war sich ihres Künstlertums „bis ins tiefste Mark und Bein“ bewusst. Künstler sind für sie „die Lieblinge Gottes!“ Aus dieser Dichterin braust zwar „finstre Tanzmusik“. Einer ihrer Gedichtbände bekommt sogar den Titel *Konzert*. Doch Klavierspielen kann sie nicht, ihr Flötenspiel soll wenig angenehm gewesen sein. Musikalische Kompetenz hatte sie nicht, wohl aber eine Sprache, in der sie Worte zum Klingen bringt. In einem ihrer bekanntesten Gedichte heißt es: *Ich habe zuhause ein blaues Klavier / und kenne doch keine Note …*

„Mein blaues Klavier“ wurde mindestens 53 Mal vertont, davor liegt im Vertonungs-Ranking an erster Stelle „Weltende“ (67), hat Karl Bellenberg aufgelistet.[8] Mit der Zahl der Vertonungen liegt Else Lasker-Schüler auf Augenhöhe mit Hermann Hesse und vor Gottfried Benn.[9]

Als der Autor dieser Zeilen an Hans Werner Hentze nach Rom schrieb, ob er sich an einen Besuch im WDR-Studio Wuppertal erinnere, bei dem er vor und nach einem Radio-Interview Tischtennis gespielt habe, während unter der Platte ein großer weißer Kuvasz lag, und ob er in Erinnerung daran ein Gedicht des Prinzen Jussuf für das X. Else Lasker-Schüler-Forum „Mein blaues Klavier“ vertonen könne, kam folgende Antwort: „Ja, ich erinnere mich an den eisbärhaften Hund und dass ich beide Matches verloren habe. Aber Else Lasker-Schüler habe ich längst vertont!“

Neben Hentze haben andere bedeutende Komponistinnen und Komponisten aus verschiedenen Ländern Else Lasker-Schülers Texte in Lieder verwandelt: von A wie Theodor W. Adorno bis Z wie Alfons Karl Zwicker. Alle Genres und Stilrichtungen sind nach Meinung von Karl Bellenberg vertreten, sinfonische Werke, Pop, Kunst-, Kirchen- und Theatermusik, Jazz und Chanson. Die kanadische Black-Metal-Band „A Winter Lost“ machte „Weltende“ zu einer „wahrhaft apokalyptischen Version“ (Uta Großmann)[10]. Andere Gruppen mischten mongolische oder brasilianische Volksmusik-Rhythmen in ihre Else-Lieder.[11]

Else Lasker-Schüler war nie abgeneigt, ihre Gedichte in Töne fassen zu lassen.

---

[8] Ebda. S.130.

[9] Ebda. S. 187.

[10] Else Lasker-Schüler-Almanach „Meinwärts - das Herz der Avantgarde“.

[11] Vgl. ebda. . 134.

Mein Tanzlied

Aus mir braust finstre Tanzmusik,
Meine Seele kracht in tausend Stücken.
Der Teufel holt sich mein Mißgeschick,
Um es ans brandige Herz zu drücken.

Die Rosen fliegen mir aus dem Haar
Und mein Leben saust nach allen Seiten,
So tanz ich schon seit tausend Jahr,
Seit meiner ersten Ewigkeiten.
(36 Mal vertont)

Vielleicht kannte sie ja den Satz von Aristoteles: „Die ganze Stimmung des Gemüts ändert sich, wenn man verschiedene Arten der Musik hört."

Vollmond

Leise schwimmt der Mond durch mein Blut …
Schlummernde Töne sind die Augen des Tages
Wandelhin – taumelher –
Ich kann deine Lippen nicht finden …
wo bist du, ferne Stadt
mit den segnenden Düften?
immer senken sich meine Lider
Über die Welt – alles schläft.
(24 Mal vertont)

Abigail dichtet die Mondsichel an, erste Hälfte 1913

Aquarium in Persien, Juni 1936

Die Ökologin

Die Natur ist nicht der Menschen Schemel, den sie rücken oder gar durchsägen können nach Belieben. Das Zitat stammt nicht von der schwedischen Umweltaktivistin Greta Thunberg, sondern aus dem Essay „Als die Bäume mich wiedersahen“ von Else Lasker-Schüler, veröffentlicht 1932 in dem Prosaband *Konzert*.

Die Dichterin als ökologische Utopistin zu feiern, wäre nur etwas zu hochgegriffen. Denn trotz aller Heimatliebe beschreibt sie bereits früh kritisch die Umweltbelastungen, etwa die rauchverpestete Luft Elberfelds und die von Chemikalien belastete „Teufelssauce“ der Wupper.

Der Fluxus-Künstler und Ästhetikprofessor Bazon Brock bescheinigt ihr im Magazin *Meinwärts – das Herz der Avantgarde* 2019: „Die Klugheit der Else besteht darin, besonders sensibel auf mögliche Gefahren der Zukunft aufmerksam zu machen, also etwas Bedrohliches vorauszusehen, ohne ihm dadurch entgehen zu wollen.“

Als Künstlerin ist sie sensibilisiert für Flora und Fauna und deren Vielfalt. In einem Prosatext wünschte sie sich, einen Wald aus Ebereschen zu pflanzen. Für Schwarzdrosseln und Krähen. Sie leidet mit Pflanzen und Tieren, wie ihre „wahre Geschichte“ vom Schmetterling zeigt. Darin beschreibt sie ihre (kindlichen) Empfindungen, und flunkert, indem sie Elberfeld an die Ostsee verlegt: *Klaus sagte, er sei tot. Aber ich hob den kleinen verirrten Schmetterling von der Düne auf und legte ihn zwischen meine Hände, ein warmes Häuschen. Ab und zu hauchte ich durch die Fingerspalten etwas Juliwind hinein, aber die armen Schmetterlingsflügel blieben verdorrt … Und mein Freund Klaus fragte mich, ob ich etwa beabsichtige, das tote Tier zum Leben zu erwecken. Ich nahm es wortlos mit nach Hause in den Garten … nahe der Ostesee; man hörte sie rauschen bis zu ihrer kleinsten Muschel … Ich atmete einen langen warmen Atemzug über mein Schmetterlingsgeschöpf, der noch an seiner Lebendigwerdung fehlte. Ich liebte ja den gelben Gaukler schon leidenschaftlich als Kind, spielte mit ihm durch die*

Luft dahinfliegend … Er war ja mein Ebenbild … Auf einmal erhob sich unser Schmetterling im Nu – seine Flügel begannen sich zu entfalten, übten sich, zwei herrliche Gelbschleier; er war ja ein Zitronenling –, hob sich odemleicht, mein Odem schwebte … in den Himmel hinein.

Wenn sich Else Lasker-Schüler als „Indianerin" sieht, deutet das auf ihre Naturverbundenheit ebenso hin wie ihre Bemerkungen zum Klima, zu Bäumen und Wäldern, die der Musiker und Pädagoge Ulrich Klan „ökologische Schlüsseltexte" nennt. Er stellt die Dichterin als „Prophetin des Klimawandels" zusammen mit Prof. Dr. Uwe Schneidewind vor, dem ehemaligen Präsidenten des renommierten „Wuppertal Instituts für Klima, Umwelt und Energie". Das war am 5. Mai 2019 aus Anlass des 150. Geburtstags von Else Lasker-Schüler. Schneidewind führt hier den Begriff der „Zukunftskunst" ein, als Verbindung wissenschaftlicher, künstlerischer und gesellschaftlicher Kräfte angesichts der Herausforderung der Klimakatastrophe.

Der Förster Peter Wohlleben wurde in den Zehnerjahren dieses Jahrhunderts zum Bestsellerautor mit seinem Buch *Das geheime Leben der Bäume*. Fast wie eine Vorwegnahme dieses Sachbuchs wirken Lasker-Schülers Prosatexte „Die Bäume unter sich" und „Als die Bäume mich wiedersahen":

Ich kam vom Meer. Als die Bäume mich wiedersahen, hob ein weiches Wehen in der Luft ihre Zweige, mich zu grüßen. … Sich zu äußern, bedient die Pflanze sich der Atmosphäre; ja, sie entwickelt selbst … ein Wehen oder ein Stürmen, Blitzen und Donnern in der Natur …

Der Text schließt mit einer Vorahnung der Klimakatastrophe: *Kein wirklicher Sommer, kein richtiger Winter kommt mehr zustande in den Ländern der Feindseligkeiten. Wälder wurden geopfert wie ein Haupt, aber es schrie zum Himmel. … Die heiße Auseinandersetzung im Pflanzenreich beweist uns die kranke Glut der Tage im verflossenen Sommer, der uns keineswegs vergoldete …, aber in dessen Fieber wir verdorrten zum neuen Tode. Und wie wenig wiederum gleichen sich die Winter mit den Wintern der Schneemänner, über deren Rücken wir von der Schule nach Hause zu schlittern pflegten … So haben wir es uns also mit der Natur verdorben, mit dem grünmunteren Laubvolk, das uns den Ozon und den Atem des Lebens kredenzte. Die Unberechenbarkeit vom Allzuheiß bis zum Allzukalt ist die Folge der Klage der aus den Fugen geratenen Pflanzenwelt. Wir haben sie tödlich verwirrt und getroffen. Denn die Natur ist nicht der Menschen Schemel, den sie rücken oder gar durchsägen können nach Belieben.*

Die Künstlerin ist zwar Laie. Doch wie Förster Wohlleben jetzt, spricht ein Jahrhundert zuvor bereits Else Lasker-Schüler von den Verflechtungen der Bäume. Es ist nicht dichterische Einbildung, sondern Wissen über die Forschungsergebnisse des indischen Physikers Jagadish Chandra Bose, wenn sie schreibt *dass es sich, wie bei den Menschen und Tieren um eine persönliche, bewusste Blutverwandtschaft handelt.*

Ulrich Klan meint, Else Lasker-Schüler hat „für ihre Arbeit recherchiert und das Gespräch mit Experten gesucht." Allerdings habe gerade sie sich dabei kaum in die Karten sehen lassen und lieber die Legende von der „aus sich und Gott" schöpfenden Autodidaktin gepflegt. Bei dem Text „Die Bäume unter sich" machte sie jedoch eine Ausnahme: Direkt im Anschluss an diese Prosaskizze veröffentlichte sie unter dem Titel „Das Herz der Pflanzen" einen Hinweis auf wissenschaftliche Forschungen, durch die sie sich bestätigt fühlt. In ihrer Skizze heißt es: *Bäume, überhaupt jede Pflanze besitzt ein wirklich pochendes Herz, dass das Blut durch die Zellen treibt, durch die allerkleinste ihres Blattes.*

Herbst

Ich pflücke mir am Weg das letzte Tausendschön …
Es kam ein Engel mir mein Totenkleid zu nähen –
Denn ich muß andere Welten weiter tragen.

Das ewige Leben dem, der viel von Liebe weiß zu sagen.
Ein Mensch der Liebe kann nur auferstehen!
Haß schachtelt ein! wie hoch die Fackel auch mag schlagen.

Ich will dir viel viel Liebe sagen –
Wenn auch schon kühle Winde wehen,
In Wirbeln sich um Bäume drehen,
Um Herzen, die in ihren Wiegen lagen.

Mir ist auf Erden weh geschehen …
Der Mond gibt Antwort dir auf deine Fragen.
Er sah verhängt mich auch an Tagen,
Die zaghaft ich beging auf Zehen.

Die Kinoniterin

An einem Tag im Jahre 1913 befindet sich Else Lasker-Schüler in Begleitung der Schriftstellerfreunde Theodor Däubler, Franz Werfel, Paul Zech und Kurt Pinthus in Dessau. Bei einem abendlichen Streifzug durch die Altstadt kommen sie an einem ‚Kinotheater' vorbei. Halb scherzhaft, halb ernsthaft schlägt Kurt Pinthus, der Herausgeber der Lyrikanthologie „Menschheitsdämmerung", vor, alle in der Runde sollen ein Drehbuch für einen Film schreiben. Doch nur Else Lasker-Schüler nimmt Pinthus beim Wort. Die Kollegen beißen nicht an. Sie aber ist Feuer und Flamme: Sie ist Film- und Kino-vernarrt und nennt sich selbst eine „Kinoniterin". Und so entwirft sie das Drehbuch für „Plumm-Pascha. Eine morgenländische Komödie." Möglicherweise weil sie Jüdin war, ist dieser Film nie realisiert worden. Aber sind nicht viele ihrer Geschichten filmisch?

Die tatsächlichen Leinwandgeschichten waren während der NS-Diktatur für die Exilanten fast lebenswichtig. Für jeden auf seine Art. Während vor allem Wildwestfilme der Dichterin „Indianermut" gaben und sie für dafür die Kinobesitzer gelegentlich um das Eintrittsgeld prellen musste, konnten wohlhabende Exilschriftsteller wie Thomas Mann nach einem Kinobesuch in Champagner geradezu baden. In Los Angeles nannte der Literaturnobelpreisträger T. Mann das Kino „Play-house". Die Traumfabrik Hollywood gab so manchem deutschsprachigen Schriftsteller im US-amerikanischen Exil Arbeit und Brot als Drehbuchautor. Beim Kinobesuch konnten sie sich zudem erholen von den Widrigkeiten des Exils und in eine Scheinwelt flüchten.

„Es ist nicht zu viel gesagt, dass das Kino – mit den Spielfilmen, aber auch mit den Kriegsnachrichten aus siegesgewisser amerikanischer Perspektive – eine wesentliche Quelle im kalifornischen Kriegsexil darstellte", schreibt Stefan Keppler-Tasaki, Associate Professor of Modern German Literature an der University of Tokyo, in einem Essay über die filmbegeisterte Else Lasker-Schüler. Über die Kinobesuche äußerte ELS sich dazu in Briefen und Postkarten.

Großschriftsteller T. Mann hingegen hat seine Kinovergnügen in Tagebüchern festgehalten. Im Vordergrund seiner Begeisterung standen Kriminalfilme wie Alfred Hitchcocks ‚Foreign Correspondent', Fantasy-Filme wie William Dieterles ‚The Devil and Daniel Webster' oder Animationsfilme wie Walt Disneys ‚Bambi'. – Else Lasker-Schüler mag Liebesdramen, besonders mit Clark Gable. Gern schaut sie sich auch Walt Disneys „MickeyMouse" an. Höchsten Kinogenuss aber bereitet ihr ein Genre, das eigentlich die Männer bevorzugen: Wildwestfilme. Das erzählte mir in Jerusalem Meira Bein. Sie war die Tochter der Zimmervermieterin in Rechavia. Als kleines Mädchen habe sie quietschvergnügt und ziemlich häufig gegen das Verbot ihrer Mutter verstoßen: Heimlich und gern sei sie an der Hand der alten deutschen Frau ins verbotene „Zion", „Eden" oder „Orion" gegangen. Sie erinnert sich an eine häufige „Bestechung": Vor dem Cinema-Besuch hätte sie Bonbons bekommen und danach manchmal Kuchen aus dem Café Sichel, verbunden mit der Beschwörung, nur ja nichts davon zu Hause zu erzählen. Das war ihr gemeinsames Geheimnis.

Ihrem Mäzen Silvain Guggenheim hatte Else Lasker-Schüler in einem Brief offenbart, wie wichtig ihr Kinobesuche in diesen traurigen Exiljahren waren, sie waren eine Flucht: „Besser geh ich ins Cinema". In Zürich soll sie sich gebückt am Kassenhäuschen vorbeigeschlichen haben. Oder nach einer Vorstellung sitzengeblieben sein, um sich den nächsten Film anzuschauen, ohne dafür zu bezahlen.

Ganz anderer Genuss dagegen stand am Ende der Kinobesuche von Thomas Mann: Über „Foreign Correspondent" heißt es in den Tagebuchnotizen: „Sensationelle Regie, mangelhaftes Buch. Genußreiches Schauen. Zurück zu Franks. Champagner." Und über Chaplins „Monsieur Verdoux": „Privat-Première von Chaplins Landru-Film. Köstliches Spiel, schiefe Moral." Und wieder: „Champagner".

In ihrem Buch „Hebräerland" schreibt die Kinoniterin keine Rezensionen wie Thomas Mann, sondern über ihre Vorliebe für Wildwestfilme mit „pfeilabschiessenden" Indianern:

Indianerinnen, um 1928

„Im Kassenraum des Cinematheaters Eden löst sich eine Menge Jerusalemiter schon am Vormittag Billette zur Abendvorstellung. Man liebt es, auch in diesem zweitgrößten Kinotheater, mit Wildwestschauspielen sein Publikum zu beglücken. Ja, zu beglücken! Viele der bunten Zuschauer stürmen enthusiasmiert zur Bühne, halb den Verstand verloren, sich hinter den rasend dahineilenden Inkas aufs Pferd zu schwingen. Heute spielt man den spannendsten Indianerfilm:

Der je gezeigt, Mama Papa,
Seit Cinema!

The chief great white horse eagle! Ich kenne seinen Autor von Europa her, den von mir einst hochverehrten Edgar von Schmidt Pauli; vom great white horse eagle zum Großindianer erhoben."

Was macht es einem Phantasiemenschen wie Else Lasker-Schüler schon aus, wenn wir Normalmenschen einwenden, dass die Inkas nicht auf Pferden ritten und der „chief white horse eagle", Hauptfigur eines Ende der 1920er Jahre populären Buches, gar nicht verfilmt worden ist?

Zur Filmbegeisterung Else Lasker-Schülers gehört auch, dass sie einen reichen Onkel in Kalifornien erfunden hat, der vielleicht einen Film wie „Plum-Pascha" hätte finanzieren können, den sie schon zu UFA-Zeiten geplant hatte.

Ihr buntgeknüpftes Leben trägt kinematographische Züge: „Wenn mein Herz gesund wär, spräng ich zuerst aus dem Fenster; dann ging ich in den Kientopp und käm nie wieder heraus."

Sie hat früh die Bedeutung dieses neuen Mediums erkannt, ist Mitinitiatorin und -Autorin des legendären „Kinobuchs", eines Manifests der literarischen Cineastik. Und sie nutzt ihr weitgesponnenes Netzwerk, um ihren Sohn Paul bei der UFA unterzubringen. Dabei soll ihr der Regisseur Friedrich Wilhelm Murnau helfen, der sich mit „Nosferatu" oder einer Faust-Verfilmung schon zu Stummfilmzeiten einen Namen erarbeitet hatte.

Und sie ist eine frühe und glühende Verehrerin des Kinogenies Charlie Chaplin, dokumentiert in dem 1924 im Berliner Tageblatt veröffentlichten Gedicht „Sigismund von Radecki":

Auch Chaplin spielt im Mozartsaal; wie wir den hoch verehren!
Zwischen Daumier und Christian Morgenstern sitzt er im Tempel: Kunst.
Und wir verkürzen uns den Abendrest,
Indem wir Reime reimen auf Chaplin, den Kosmiker der Komiker.

Der Chronist kann sich des Eindrucks nicht verwehren, dass das Leben bei der „Indianerin" Kino ist und Kino Leben. „In einem Atemzug" (Stefan Keppler-Tasaki) schreibt sie über den Filmstar Gable und den Diktator Mussolini, den sie nach einer Wochenschau im Bordkino der „Emporia" auf der Überfahrt nach Alexandria als den „jugendlichen Duce" bewundert.

Während sie ihr Zimmer im Zürcher Hotel ‚Seehof' eine „Jammerkammer" nennt, ist ihr das Kino Fluchtpunkt und Zuhause:

„Für mich ja nur ein Katzensprung / Vom Hotel Seehof über Gassen", so beginnt ein Kinogedicht aus den „Tagebuchzeilen aus Zürich". Ein „Katzensprung" entfernt von ihrer Bleibe im Jerusalemer ‚Hôtel Vienna' ist auch dort das „Zion": „Ich wohne 1 Minute vom größten Cinema". Offenbar gezielt sucht sie ihre Unterkünfte, die sie schon mal „Kaschemmen" nennt, nach der kürzesten Entfernung zum nächsten Kino aus.

„Für Kino hab ich meist, oder bezahl anderen Tag oder so. Die Hauptsache: ich seh spielen", hatte sie bereits 1935 im Schweizer Exil erklärt, wo sie sich wie eine ‚Indianerin' an der Kasse vorbeipirschte. Das dürfte ihr Vergnügen gemacht haben. Denn „gerne opfere ich meinen letzten Franken für das Cinematheater - all mein wenig Geld geht damit immer futsch."

Es darf vermutet werden, dass sie durch ihre Filmbegeisterung zur cineastischen Kosmopolitin geworden ist: „Es gibt weder in Europa noch in Afrika noch in Asien ein Kino, das mir nicht ans Herz gewachsen". So, wie später das Fernsehen uns die große weite Welt in die Wohnzimmer gebracht hat, ging es Else Lasker-Schüler mit dem Kino: „Vis à vis von mir, herrlich Afrika, nebenan: Amerika – daneben: Australien".

Den Duft dieser großen weiten Welt vermittelten ihr nicht nur Filme, sondern manchmal auch die Namen der Kinos wie das „Studio Nord-Süd“ in Zürich:

„Nord-Süd verhalf mir über der Dämmerung Melancholie grauer Nebelbrücke hinüber zu kommen. Ich bin in Nord-Süd verliebt!“

Obwohl die deutsche Sprache ihre Heimat war, so verabscheute sie die korrekte, also langweilige Orthographie und Grammatik – sie liebt den Wortwitz. Typisch dafür ist ihre Bemerkung über Tarzan, den König des Dschungels: „Ich sitz' so gerne ganz allein / Bei Talt zahn IV im Urwaldhain.“

In ihren letzten Lebensjahren in Jerusalem machte ihr die Situation im englischen Mandatsgebiet und die Spannung zwischen Juden und Arabern zu schaffen. Es war nicht das „Hebräerland“, wie sie es sich vorgestellt hatte. Sie fühlte sich beengt:

Den Weg nach draußen bietet das Kino, wenn sie reimt:

Ich hatte eh'mals offene Türen,
Sie schlugen mir vor der Nase zu!!
Doch spielt man hier im Cinema,
'n Film aus Texas, den ich sah;
Ich säh' ihn gern von spät bis fruh.
Darf ich Sie enviter dazu?

Am bekanntesten jedoch ist eine oft vertonte „Ulkiade“, mit der sie leicht und beschwingt ihre Kinoliebe in Versform bringt:

Komm mit mir in das Cinema,
Dort findet man, was einmal war:
Die Liebe!
Liegt meine Hand in deiner Hand
Ganz übermannt im Dunkel
Trompetet wo ein Elefant
Urplötzlich aus dem Dschungel

Und schnappt nach uns aus heißem Sand
Auf seiner Filmenseide
Ein Krokodilweib, hirnverbrannt,
Dann – küssen wir uns beide.

Die Araberin

Wie es der Zufall will: Just zu Pessach 2021 erschien in Kairo das Buch *Zata Masaa*, was auf Deutsch „Am Abend“ bedeutet. Es sind 60 Gedichte von Else Lasker-Schüler, übersetzt ins Arabische von Dr. Riham Salem Ibrahim. Das Pessachfest erinnert an den Auszug der Israeliten aus ägyptischer Gefangenschaft. Mit dem arabischen Lyrikband könnte Else Lasker-Schüler nun auch in einem ihrer Sehnsuchtsländer bekannter werden. Sie selbst war dort symbolisch längst zu Hause.

Es waren der Schriftsteller Karl May und bei den Dichtern vor allem Else Lasker-Schüler und Johann Wolfgang Goethe, die den Deutschen den Orient nahegebracht haben. Sie wussten, dass die Kunst des Reimens aus Arabien und Persien nach Europa gebracht wurde, als man in Deutschland zunächst nur den Stabreim kannte.

Goethes orientalische Gedichtformen aus dem *West-östlichen Divan* sind uns nicht leicht eingängig. Anders dagegen bei der Malerpoetin Else Lasker-Schüler. Ihre gezeichneten orientalischen Figuren als Töchter des Emirs, ihre Bilder aus der Wüste Sinai, aus dem arabischen Frauenbad von Alexandria, von exotischen Tieren, als Schellentänzer oder von Besuchern eines persischen Aquariums – sie machen den Orient plastisch.

Die Künstlerin ist in der alten (Religions-)Geschichte zuhause, vereint Elemente der biblischen Josephslegende mit den hundertelf Versen der zwölften Koran-Sure. Dort heißt Joseph ganz ähnlich: Yusuf. Er wird zu einem der wichtigsten Aliasnamen von Else Lasker-Schüler. Begonnen hatte es 1908 mit der Erzählung „Der Derwisch“ im Geschichtenbuch *Der Prinz von Theben*. Gewidmet ihrem Vater, den sie arabisiert und Mohamed Pascha nennt. Die Autorin schildert sich selbst als Ich-Erzählerin „im lammblutenden Hirtenrock Jussufs“. Die heilige Stadt mit dem Tal der Könige hat die Dichterin ein Jahr zuvor in der Erzählung „Der Fakir von Theben“ erwähnt, veröffentlicht in dem Prosaband *Die Nächte der Tino von Bagdad*. Sie plante, den „Fakir von Theben“ auf Arabisch übersetzen zu lassen. Auch wollte sie selbst die Rolle auf der Bühne spielen. Dafür hatte sie sich die Haare nach alt-ägyptischen Vorbild schneiden und eine Flöte aus jener Zeit nachbilden lassen. Dabei entspricht diese Frisur der Haartracht der Männer. Hier beginnt offenbar Elses Verwirrspiel mit den Geschlechterrollen. Ab jetzt ist sie „Prinz von Theben". Die Performance als Fakir hat sie nie öffentlich vorgestellt.

Experten wie Ricarda Dick vermuten, dass die Poetin 1913 die große Sonderausstellung der Deutschen Orient-Gesellschaft mit den Ausgrabungsfunden von Tell el-Amarna besucht haben dürfte. Ihr Jussuf-Fakir-Porträt ähnelt der Darstellung des Pharaos Echnaton.

Thomas Mann hat seine Josephs-Tetralogie in die Zeit Echnatons verortet – ebenso wie die Dichterin ihre Josephs-Geschichte. Beide blieben dabei deutsch, während Goethe in seinem West-östlichen Divan beinahe zum Perser wird. Er dichtet sogar in klassisch persischer Form. Dennoch treu der deutschen Klassik.

Ganz anders Else Lasker-Schüler. Sie schreibt Briefe in arabischer Phantasiesprache, entwirft einen eigenen Orientkosmos in Zusammenhängen von Bühne, Text, Bild und Zeichen. Dazu gehören Palmen, Turbane, fließende Gewänder, Sterne und Monde. Der Kubus steht für morgenländische Paläste und Kuppeln mit Halbmond für Moscheen. Sie dichtet nicht nur über Abraham, Abel, Jusuf oder Moses und Abigail, sondern schlüpft in wechselnde orientalische Rollen als „Jusuf der Egypter" oder „Tino von Bagdad". Mal ist sie Prinz, mal Prinzessin, flirtet gewissermaßen mit sich selbst, identifiziert sich mit ihren morgenländischen Alter Egos – viel individueller als Goethe, der als Mann immer er selbst bleibt, während die Else Lasker-Schüler ihre Geschlechterrollen wechselt.

Indirekt orientiert sie sich an Friedrich Rückert. Der Dichterphilosoph hatte international Gedichte gesammelt und damit den deutschen Sprachschatz bereichert – vor allem durch das „Ghasel". Diese lyrische Gedichtform aus vor-islamischer Zeit übernahm Rückert und entwickelt sie weiter. Sein Werk gilt als Beispiel dafür, wie fremde Hochkulturen sich gegenseitig befruchten. Von ihm stammt der Satz: *Weltpoesie allein ist Weltversöhnung!*

Bei Else Lasker-Schüler wurde daraus das Bedürfnis nach Versöhnung zwischen den Weltreligionen Judentum, Christentum und Islam. Dieses Zitat von ihr kommt manchen Deutschen nach dem Holocaust sehr gelegen und verklärt zugleich die Jüdin Lasker-Schüler.

Sie war geschichtskundig und wusste auch vom Verblassen der christlichen Ideale im 17. Jahrhundert. Erst damit war in Deutschland ein Klima entstanden, das die geistige Auseinandersetzung mit dem Islam ermöglichte – fast noch intensiver als es heute der Fall ist, weil unsere Unvoreingenommenheit auch beeinträchtigt wird durch blutige Anschläge islamistischer Terroristen.

Al-Qaida und Taliban verstellen den Blick auf eine alte Kultur und Gemeinsamkeiten. Die verbindende Brücke und am bekanntesten war und ist Goethes *West-östlicher Divan*. Aber auch ein anderer Dichter, Jude wie Else Lasker-Schüler, war vom Orient fasziniert: Heinrich Heine. Seine Werke, Anekdoten und Formulierungen beinhalten Elemente der arabischen Kultur. Deutlich erkennbar an Heines Theaterstück *Almansor* und Gedichten wie „Der Asra", „Ali Bei" oder „Abu Abdallah". Heine sagte bewundernd über Goethes *West-östlichen Divan*: „Die Verse sind so leicht, so ätherisch, dass man sich wundert, wie dergleichen in deutscher Sprache möglich war." Diese Gedichtsammlung ist eine Art Reisebericht, der die Leser in die orientalische Welt einführt. Dabei beschreibt Goethe Gefühle und Berührungen mit einer fremden Kultur:

Wer das Dichten will verstehen / Muß ins Land der Dichtung gehen; / Wer den Dichter will verstehen / Muß in Dichters Lande gehen.

Ähnliche Formulierungen finden sich bei Else Lasker-Schüler. Sie jedoch verbindet mit ihren Zeichnungen und Gedichten kein Werben um Verständnis, sondern will Liebe in die Welt bringen.

Goethe und Lasker-Schüler wussten um die Bedeutung der Lyrik im Orient. Beide haben sich zudem bereits im Kindesalter mit dem Zauber aus *Tausend und einer Nacht* befasst. Goethe war besonders von der Erzähltechnik dieses Märchenbuchs angetan. Else Lasker-Schüler hingegen mehr noch von den handelnden Personen.

Ihre Themen waren jüdisch, ihre Phantasie orientalisch, aber ihre Sprache war deutsch, ein üppiges, prunkvolles, zartes Deutsch, schrieb der Dichter Gottfried Benn über seine angebliche Geliebte Else Lasker-Schüler.

Höhnisch tönte dagegen der *Völkische Beobachter*. Das Zentralorgan der NSDAP nannte die Dichterin in der Weimarer Republik „Tochter eines Beduinenscheichs" mit „rein hebräischer Phantasie". Aus heutiger Sicht war das eher ein Ritterschlag für die so diffamierte Künstlerin.

Als sie auf der Flucht aus Deutschland über die Schweiz ab 1939 endlich selber in Jerusalem lebt, erleidet sie einen Faktenschock. Else Lasker-Schüler kann ihre Projektionen über Orientalen, die alten Ägypter und die ‚wilden Juden' angesichts der Realität schlecht aufrechterhalten. Ernüchtert von ihrem Traum stirbt die Dichterin am 22. Januar 1945 an gebrochenem Herzen, medizinisch an Angina Pectoris.

Machen wir aber noch einmal eine Zeitreise zurück – vielleicht auf einem symbolischen fliegenden Teppich – ins Berlin der angeblichen Goldenen Zwanziger Jahre, da gab es bei Künstlern und anderen Intellektuellen ebenso wie beim Massenpublikum eine Welle der Begeisterung für den Orient. Ausgrabungen wie das Grab des Tutanchamun 1922 machten weltweit Schlagzeilen. Das war, wie man heute sagen würde, ein Hype. Die Kunst aus der Welt der Pharaonen kam in die Museen, die Mythen und Märchen des Morgenlands kamen auf die Bühne, Scheherazade auf die Kinoleinwand. Und mittendrin Else Lasker-Schüler. Sie vor allem traf mit ihren Texten und Bildern Nerv und Ton der Zeit.

Viele ihrer gezeichneten Figuren tragen ein orientalisches Outfit. Rollenspiele scheinen wie für sie erfunden zu sein, wenn sie sich „Tino von Bagdad", „Liebling des Pharao" oder selbstbewusst sogar „Dichterin von Arabien" nennt. Bis zu ihrem Lebensende bleibt sie vor allem „Prinz Jussuf von Theben".

Kein Wunder, dass ihre Lyrik inzwischen auch auf Arabisch, Türkisch, Farsi, Aserbaidschanisch und sogar Japanisch und Chinesisch übersetzt vorliegt. Sie selbst hatte bereits im Berlin zwei Gedichte in die arabische Sprache übertragen lassen. Es ist die Zeit, in der Else Lasker-Schüler die orientalische Zeichen- und Bildwelt der Alltags- und Populärkultur in ihre ganz eigene Poetik übernimmt.

Als sie 1894 nach Berlin kommt, gerät sie mitten in die damals überbordende Orienteuphorie. Das äußert sich in ihrer Kleidung und in ihren Zeichnungen mit Fez-, Turban- und Kufiya-tragenden Orientalen, in Gedichten über Menschen aus Mythologie, Altem Testament und Koran. Das gilt für ihr Geschichtenbuch *Prinz von Theben* (1914) und sieben Jahren zuvor bereits für den Roman *Die Nächte der Tino von Bagdad* mit Morgenland-Phantasien in neunzehn Episoden. Die Handlungsorte reichen von Marokko über Cairo bis Philippopel, einer bulgarischen Außenprovinz des osmanischen Reichs.

In diesen Erzählungen tritt ein Prinz Mehmed auf, der mit einer Zeitung wedelt, in der von einem „Elephantenriesenmonstrum aus Ost-Indien" die Rede ist. Paläste, Perlenvorhänge, Wüsten und Gärten – die Orte könnten unabhängig von geographischen Gegebenheiten in verschiedenen Ländern und Städten wie Bagdad, Konstantinopel, Theben, Ägypten oder Afghanistan liegen. Die handelnden Personen sind Araber, Muslime, Fakire, Khediven, Derwische und Haremsdamen.

Else Lasker-Schüler liebt die Exotik. Eingebettet zwischen Okzident und Orient charakterisiert sie sich so:

Nichts geschieht wirklicher als in meinem Kopf. In ihrem Prosatext „Der Kreuzfahrer" schreibt sie ironisch: *Sie glauben, ich bin aus Tausend und einer Nacht. Den Großwesir ergötzt es, ihre Vorstellungen zu bestärken. Auf das Gefunkel meiner Stirn weist er, auf meine Hände, die Bilder des Mondes sind; nichtsdestoweniger den Speer zu werfen verstehen.*

Unter dem Einfluss zeitgenössischer Orientfaszination und ägyptischer Hieroglyphen-Entschlüsselung entwickelt die überaus fleißige Brief- und Postkartenschreiberin Bildzeichen, eine Mischung aus Kalligraphie und orienthaft anmutenden Architekturelementen. Als zauberhafte Miniaturen schmücken Halbmonde, Sterne oder Kometen die geschriebenen Zeilen, die ansonsten mit einer völlig willkürlichen Grammatik aufwarten. Richtige Kommasetzung und orthographisch korrekte Schreibweise sind ihr egal. Wortwitz ist angesagt.

Else Lasker-Schüler eignet sich die Figur des „Jussuf, Prinz von Theben“ künstlerisch an. Ihr Jussuf vereint und erweitert zugleich den Josef der Bibel und den Yussuf des Korans. Auch deshalb ist sie ganz selten „Prinzessin“, sondern selbstbewusst der „Prinz von Theben“ – eine künstlerische Figur, die ihr Ich verkörpert. In ihren Zeichnungen erkennt man sie sogleich selbst. Es sind exotische Selbstporträts. Sie reitet auf Tieren, die in hiesigen Wäldern nicht vorkommen: Löwen, Bisons, Elefanten und Kamele. Ihre Schellenträger und Schlangenanbeter sind spielerisch, sind märchenhaft orientalisch. Dagegen kommen Nazis und faschistische Symbole nicht vor. Else Lasker-Schüler ist Prinz im eigenen Reich, in dem sie die alleinige Macht mit dem Recht auf Verwandlungen hat.

Ihre Figuren des „Jussuf, Prinz von Theben“ oder der „Abigail, des Prinzen der Liebe“ waren „Entwürfe ihrer selbst, gerichtet zugleich in die alt-ägyptische Vergangenheit und in eine ungewisse Zukunft“, orakeln manche Fachleute. Vielleicht hat sie tatsächlich auch ähnlich gedacht, als sie am 21. März 1934 von Zürich nach Genua reist, um mit dem italienischen Dampfer „Emporia“ nach Alexandria zu fahren. Der Hafen von Alexandria und die Fahrt durch den Suezkanal waren ihre einzigen Begegnungen mit und in Ägypten.

Ihr dennoch unbestrittenes Wissen über den Orient, seine Sitten und Gebräuche, ist in ihren Werken dokumentiert. Darin zeigt sie ihre Vorliebe für Arabien und das alte Ägypten. Vermutlich angeregt durch Museums-, Circus-, Kino- und Varietée-Besuche, aber auch durch die Werke des Orientalisten, Dichters und Übersetzers Friedrich Rückert. Sie kannte die Reliefblöcke aus Pharaonenzeiten mit Figuren, die sie zu ihrem berühmtesten Foto inspirierten, als „Fakir“ oder „Prinz von Theben“ mit Flöte und mit ägyptisch anmutender (etwas abstehender) Kurzhaarfrisur, weißen Stiefelchen, seidener Pluderhose und mit einem Dolch im silberfarbenen Gürtel.

Indem sie sich auf die gemeinsamen Wurzeln von Morgenland und Abendland bezieht, greift sie Elemente verschiedener Religionen auf, um schon in der Weimarer Republik für die bereits mehrmals erwähnte Versöhnung von

Christen, Juden und Arabern zu werben. In Palästina gehörte Else Lasker-Schüler damit politisch eher zu einer Minderheit unter den Juden.

Wie der Autor dieser Zeilen von Zeitzeugen in Israel erfahren hat, unterstützte die Dichterin den Friedensbund „Brit Schalom“ und dessen Nachfolgerin „Ichud“ (Vereinigung). Beide Organisationen machten die Beziehung zur arabischen Bevölkerung Palästinas zum Zentrum ihres politischen Denkens. Das passte der sensiblen Künstlerin, die nach dem Ersten Weltkrieg misstrauisch gegenüber jeder Form von Nationalstaat geworden war. Leider ist es jedoch Wunschvorstellung, wenn sie in ihrem Buch *Hebräerland* fabuliert: *Und doch geht hier Jude und Christ, Mohammedaner und Buddhist Hand in Hand.* Zwischen Wunsch und Wirklichkeit träumt sie weiter: *Das heißt, ein jeder begegnet dem Nächsten mit Verantwortung. Es ziemt sich nicht, hier im Heiligen Lande Zwietracht zu säen.*

Eines ihrer bekanntesten Poeme ist lyrischer Beleg ihrer Orientromantik. Das Gedicht „Ein alter Tibetteppich“ wird vom österreichische Autor Karl Kraus geradezu euphorisch als eines der „entzückendsten und ergreifendsten“ gefeiert, „die ich je gelesen habe, und wenige von Goethe abwärts gibt es, in denen so wie in diesem *Tibetteppich* Sinn und Klang, Wort und Bild, Sprache und Seele verwoben sind. Dass ich für diese neunzeilige Kostbarkeit den ganzen Heine hergebe, möchte ich nicht sagen. Weil ich ihn nämlich, wie man hoffentlich jetzt schon weiß, viel billiger hergebe.“

Ein alter Tibetteppich

Deine Seele, die die meine liebet,
ist verwirkt mit ihr im Teppichtibet.
Strahl in Strahl, verliebte Farben,
Sterne, die sich himmellang umwarben.
Unsere Füße ruhen auf der Kostbarkeit,
Maschentausendabertausendweit.

Süßer Lamasohn auf Moschuspflanzenthron,
Wie lange küsst dein Mund den meinen wohl
Und Wang die Wange buntgeknüpfte Zeiten schon.

Egyptische Photographie, um 1935

Die Jüdin

Sie „hasst die Juden", weil sie „ihre Sprache missachten, weil ihre Ohren verwachsen sind und sie nach Zwergerei horchen und Gemauschel. Sie fressen zu viel, sie sollten hungern."

Was sich liest als habe hier ein Antisemit seinen Vorurteilen freien Lauf gelassen, stammt aus der Feder von Else Lasker-Schüler. Zitiert aus einem undatierten Brief, nachzulesen im *Marbacher Else Lasker-Schüler-Magazin*, Seite 116/117.

Sie war eine deutsche Jüdin, kundig des Alten Testaments und bibelfest, unabhängig und verwurzelt zugleich auf ihre sehr eigene Art und Weise vom und im Judentum. Befreundet mit Religionsgelehrten wie Martin Buber. Ihr Lebensweg war unstetig, ihr Verhalten exzentrisch. Bis heute ist sie umstritten. Von ihren Bewunderern wie dem (jüdischen) Komponisten Friedrich Hollaender wird sie glühend verehrt.

Ihre Exzentrik missfällt orthodoxen Juden und konservativen Christenmenschen. Weil sie ihre Gedichte nicht verstehen und/oder ihr „wildes" Leben verurteilen. Ein Beispiel dafür ist jener Wuppertaler Ratsherr, der bei der Diskussion um die Namensgebung für ein Else Lasker-Schüler-Gymnasium noch in den 70er Jahren des 20. Jahrhunderts erklärt: „Diese unkeusche Jüdin ist den Bürgern nicht zuzumuten!"

Else Lasker-Schüler ist zwar von ihrer jüdischen Religion beeinflusst, lehnt jedoch Dogmatismus ab. Sie bevorzugt die mystische Seite des Judentums, orientiert sich in ihren Texten aber auch an christlicher Geschichte und muslimischen Geschichten.

Im Elberfelder Elternhaus feierte man „Weihnukka", einen Mix aus dem jüdischen Lichterfest Chanukka und der christlichen Weihnacht. Elisabeth bekommt bereits als Mädchen im „deutschen Manchester" einen geschärften Blick für soziale Ungerechtigkeit. Sie sieht Kinderarbeit und Umweltverschmutzung. Im benachbarten Barmen wurde der Sozialrevolutionär Friedrich Engels geboren. In dieser Industriestadt bilden jüdische Deutsche gerade mal ein Prozent der Bevölkerung. Obwohl ihre Eltern nicht mehr streng jüdisch lebten, hält die Tochter an jüdischen Traditionen fest und „macht sich phantastische Vorstellungen von Jerusalem“ (so ihre Biographin Margarete Kupper).

Schon als Kind hat Elisabeth Schüler Antisemitismus kennengelernt. Sie reagiert wütend, angeblich mit einer Krankheit, die volkstümlich „Veitstanz“ genannt wird, was in der Medizin als Epilepsie gilt.

Mit der Höheren Töchterschule ist es deshalb nach eigenem Bekunden vorbei. Aber bei Else Lasker-Schüler weiß man oft nicht, was tatsächliches Ereignis und was Erfindung ist: *Mit elf Jahren wurde ich gelinde aus der Schule genommen … Einmal beim Unterricht lag eine Riesenschlange auf dem Boden des Zimmers, darin ich ochsen mußte. Natürlich handelte es sich um einen Racheakt, denn ich hatte einem kleinen Spielgefährten im Räuber- und Gendarmspiel in der Erregung die Nase abgebissen. Seitdem habe ich eine Aversion gegen Schleicherei. Darum entschloß ich mich, als ich 16 Jahre alt war, eine Marderart zu heiraten, die die Schlangen zu töten pflegt …“*

Hinter der Verschlüsselung verbergen sich Erfahrungen. Als erfolgreiche Dichterin erlebt der „schwarze Schwan Israels“ (Peter Hille) antisemitische Angriffe in der rechten Presse. Sie reagiert mit Worten, der einzigen Waffe einer Pazifistin: *Der Antisemitismus, eine Eigenschaft, die man erbt. Ein Unvermögen, an dem der Erbende – verarmt … Ach, wie oft hörte ich, mit dem Ranzen auf dem Rücken noch 8-jährig zur Schule gehend, aus höhnisch verzerrten Straßenkindern, Jud, Jud, Jud, hast Speck gefressen, spuck ut spuck ut!*

Ihre Religiosität verstärkt sich nach dem frühen Tod ihres Sohnes Paul 1927. Sie sucht Trost in mystischen Vorstellungen, nicht nur jüdischen, auch christlichen und islamischen.

Der Zionismus als eine nationalgesinnte Spielart des Jüdischen ist ihr relativ fremd. Wie sehr sie sich andererseits zum Judentum bekennt, beschreibt ihre Biografin Sigrid Bauschinger: Führende Antisemiten in Berlin habe sie mit ihrem Besuch überrascht. Dabei stellte sie sich mit den Worten vor: *Gestatten, Else Lasker-Schüler. Jude! Ich komme nur, daß wir mal Deutsch reden!* Worauf man sie lächelnd einzutreten bat. Wie sie ihr Jüdischsein verteidigte, schildert sie selbst, nachdem sie bei einem Streit in der „Neuen Gemeinschaft“ eine Frau geohrfeigt hatte: *Es gab nur eins – schon darum wie ich Jüdin bin – meine Stärke zu zeigen. Ich glaube, ich habe ihr bei der Ohrfeige gut zugeredet.* Aus dieser Stärke heraus schrieb sie dem italienischen Diktatur Mussolini und Papst Pius XII., damit diese sich gegen die Judenverfolgung stellen sollten. Da hatte sie Berlin längst den Rücken gekehrt.

Die jüdi=*schen Häuptlinge (die wilden Juden), Febr./Mai 1913

In der deutschen Hauptstadt dürfte Ihre Sehnsucht nach dem Land Kanaan, nach „Erez Israel", begonnen haben. Sie fühlt sich angesichts des zunehmenden Antisemitismus unwohl, fühlt, dass es mehr ist, wenn man sie als „Tochter eines Beduinenscheichs" in der faschistischen Presse verhöhnt. Doch trotz aller Verachtung und Bedrohung wünscht sie Versöhnung zwischen den Religionen, ablesbar im Drama *Arthur Aronymus und seine Väter*. Darin deutet sie bereits die kommende Verfolgung an: *Unsere Töchter wird man verbrennen auf Scheiterhaufen ...*

Weiter heißt es in diesem gegenüber ihrer Lyrik unterschätzten Text: *Wie heute brannten die Tannenbäume hinter den Scheiben der geistlichen Hauptstadt Westfalens, als sich das blutige Pogrom abspielte. Unschuldig vergossenes Judenblut klagte über die Grenzen des Heimatlandes ... und pochte an die Judenherzen anderer Reiche; im unheimlichen Echo an die Erdteile der Welt. An den geschmückten Zweigen der hohen Tannenbäume im Rathaussaale, in der Aula der Schulen, hatte man kleine Judenkinder wie Konfekt aufgehängt. Zarte Händchen und blutbespritzte Füßchen lagen, verfallenes und totes Laub auf den Gassen des Ghettos umher, wo man den damaligen Juden gestattete, sich niederzulassen. Entblößte Körper, sie eindringlicher misshandeln zu können, bluteten zerrissen auf Splittern der Fenstergläser gespießt, unbeachtet unter kaltem Himmel."*

Ihre Balladen schöpfen aus der jüdischen Stoffwelt mit Figuren wie Abigail, Moses und Josua, Abraham und Isaak. Sie schreibt Lieder voll Sehnsucht nach Gottesgeborgenheit. Vielleicht auch deshalb meint der evangelische Pastorensohn Gottfried Benn über Else Lasker-Schüler, sie verbinde „das Jüdische und das Deutsche in einer kunstvollen lyrischen Inkarnation." Die Autorin Uta Grossmann schreibt, „das Judentum gilt ihr als Ausdruck der Gefährdung und Auszeichnung ihrer Existenz. Es macht sie zur Fremden, dient Angreifern zur Rechtfertigung und ihr zur Stärkung der Identität eines kämpferischen, stolzen, mutigen Menschen."

Ihr Außenseitertum wird in dem Gedicht „Weltflucht" und – auffallender noch – in den *Hebräischen Balladen* deutlich, Else Lasker-Schülers vielleicht berühmtestem Lyrik-Band. Darin hat das Gedicht „Mein Volk" eine besondere Stellung. Meist handeln die Balladen von einzelnen Gestalten aus dem jüdischen Volk, von

Joseph und Moses, von Abigail und Esther, von Jakob und Sulamith. In „Mein Volk“ aber bedichtet sie die Juden in toto, an denen Gott seine Macht ausübt.

Als sie dieses Bekenntnis zu ihrem Volk 1905 in der deutschen Hauptstadt veröffentlicht, wo fünf Prozent der Bevölkerung dem jüdischen Glauben zugerechnet werden, steckt das deutsche Judentum in einer Krise.

Im neunzehnten Jahrhundert hatten sich viele Juden vor allem in Berlin etabliert; ein Drittel aller Juden in Deutschland lebt dort. Sie sind von der deutschen Gesellschaft weitgehend auf- und angenommen, fühlen sich der deutschen Kultur, ihren Komponisten, Dichtern und Denkern tief verbunden. Doch als Bismarck das Deutsche Reich proklamiert, bricht ein neuer Antisemitismus aus. Dieser Judenhass ist nicht mehr religiös, sondern politisch motiviert. Trotzdem ziehen jüdische Bürger als Deutsche für den Kaiser in die Schlachten des Ersten Weltkriegs. Es hat ihnen in der Nazi-Diktatur nicht geholfen.

Doch da war Else Lasker-Schüler längst im Land ihrer Väter.

Mein Volk

Der Fels wird morsch,
Dem ich entspringe
Und meine Gotteslieder singe …
Jäh stürz ich vom Weg
Und riesele ganz in mir
Fernab, allein über Klagegestein
Dem Meer zu.

Hab mich so abgeströmt
Von meines Blutes
Mostvergorenheit.
Und immer, immer noch der Widerhall
In mir,
Wenn schauerlich gen Ost
Das morsche Felsgebein,
Mein Volk,
Zu Gott schreit.

Der Bund der wilden Juden, um 1920

Die Verscheuchte

Ich bin ein Bündel Wegerich, klagt Else Lasker-Schüler. Sie zitiert sich dabei selbst in einem Brief, den sie um 1940 aus Jerusalem schreibt. Ihr Gedicht „Die Verscheuchte" gehört mit Bertolt Brechts „Über die Bezeichnung Emigranten" oder „Wir sind die Letzten" von Hans Sahl in die vorderste Reihe lyrischer Verarbeitungen trostloser Exilsituationen:

Es ist der Tag im Nebel völlig eingehüllt,
Entseelt begegnen alle Welten sich
Kaum hingezeichnet wie auf einem Schattenbild.

Wie lange war kein Herz zu meinem mild …
Die Welt erkaltete, der Mensch verblich.
– Komm bete mit mir – denn Gott tröstet mich.

Wo weilt der Odem, der aus meinem Leben wich?
Ich streife heimatlos zusammen mit dem Wild
Durch bleiche Zeiten träumend – ja ich liebte dich …

Wo soll ich hin, wenn kalt der Nordsturm brüllt?
Die scheuen Tiere aus der Landschaft wagen sich
Und ich vor deine Tür, ein Bündel Wegerich.

Bald haben Tränen alle Himmel weggespült,
An deren Kelchen Dichter ihren Durst gestillt –
Auch du und ich.

Dieses Gedicht schrieb Else Lasker-Schüler hoffnungslos im Schweizer Exil, in Ascona. Ursprünglich hatte sie ihm den Titel „Das Lied der Emigrantin" gegeben. Sie veröffentlichte es zuerst im März 1934 in der von Klaus Mann herausgegebenen Exilzeitschrift *DIE SAMMLUNG* im holländischen Querido Verlag. 1943 nahm sie es in den Gedichtband *Mein blaues Klavier* auf. Es ist ihre letzte Buchveröffentlichung, erschienen in deutscher Sprache in Palästina – damals höchst ungewöhnlich, denn man wusste dort längst vom größten aller Verbrechen der Deutschen.

„Man ist ja nicht allein ein Emigrant, wenn man ein Emigrant ist. Daran setzt sich alle Schmach und Verlassenheit und alles Elend", schreibt Else Lasker-Schüler ihrem Unterstützer, dem Schweizer Seidenfabrikanten Sylvain Guggenheim.

„Das Lied der Emigrantin" ist ein Klage-Lied. Exil ist kein Spaß, sondern Entwurzelung, Verlust und Leid. Da tröstet es nur wenig, wenn sie in Zürich mit Teo Otto, dem genialen Bühnenbildner aus Elberfelds Nachbarstadt Remscheid, zusammentrifft und Platt kallt, also bergisches Plattdeutsch spricht. Er, der als Nicht-Jude im Exil bleibt, hat das Bühnenbild für die Uraufführung ihres christlich-jüdischen Versöhnungsstücks *Arthur Aronymus und seine Väter* am 19. Dezember 1936 im Zürcher Schauspielhaus gestaltet. Zu ihrer Verärgerung wird das Stück nach nur einer Aufführung umgehend abgesetzt. Das Honorar, versteht sich, ist deshalb dürftig.

Am 30. Januar 1933 waren die Nationalsozialisten an die Macht gekommen. Sie regierten in Berlin, wo Else Lasker-Schüler spätestens nach ihrer zweiten Scheidung (von Herwarth Walden) unter kümmerlichen Umständen lebte und berühmt geworden war. Die Dichterin hielt es nach Hitlers Ernennung zum Reichskanzler nur noch wenige Wochen in der Hauptstadt aus. Am 19. April war sie mit der Eisenbahn über Basel in die Schweiz gereist, ein Land, in dem sie sich unter vergleichsweise besseren Umständen bereits 1918 einige Monate lang aufgehalten hat.

Exilanten wie Willy Brandt und Thomas Mann haben Geschichte geschrieben oder in Hollywood die Filmkultur beeinflusst. Doch die meisten sind stille Heldinnen und Helden. Im Exil ändern sich die Chancen zu publizieren für fast alle Schriftsteller dramatisch. So auch für Else Lasker-Schüler, die in der Weimarer Republik ihre Lyrik und Prosa im *Berliner Börsen-Courier,* im *Berliner Tageblatt,* in der *Vossischen Zeitung* und der *Frankfurter Zeitung* veröffentlichen konnte.

Vorbei.

Abschied, 18.6.1936

In der Eidgenossenschaft hat sie offiziell Schreibverbot. Zwar gibt es das *Israelitische Wochenblatt für die Schweiz* und die *Jüdischen Presszentrale Zürich.* Auch hat sie alte Kontakte zu Eduard Korrodi (1885–1955), dem langjährigen Feuilletonredakteur der *Neuen Zürcher Zeitung.* Er publiziert gelegentlich einen (früheren) Text der Jüdin. Doch das Zeilenhonorar ist dürftig. Ab und zu helfen Schweizer Bürger mit Spenden. Einen, den Juristen Emil Raas, nennt sie „Fürsprech". Und bekennt dankbar: *Viele sind sehr gut zu mir.* Trotzdem verschärft sich die Geldnot. Mäzene beschenkt sie dankend mit Zeichnungen, dem Bundesrat Albert Meyer sogar mit elf handschriftlichen Gedichten, zusammengefaltet zu einem zauberhaften Leporello – heute als Faksimile beim Kranich-Verlag Zollikon zu beziehen.

Die Existenzsorgen teilt sie mit den meisten Exilanten, sie teilen sich Heimweh und Verzweiflung, wenn man „die Sprache dieses kühlen Landes" nicht spricht. Das ist zwar symbolisch gemeint, doch später in Palästina für Else Lasker-Schüler höchst real. Denn sie beherrscht weder Iwrith noch Arabisch und wird sich beklagen, dass dort nur wenige Menschen Deutsch sprechen.

Aber es war ihr keine Alternative geblieben:

Am 24. März 1939 verzeichnet das Zentralkontrollbureau der Stadt Zürich die endgültige „Wegzugsmeldung" der Dichterin. Die 70-Jährige muss nach Palästina, Zuflucht für Juden aus Europa, die sich retten konnten.

Eine beschwerliche Reise für eine 70-jährige. Zuerst auf dem Landweg nach Marseille. Dort ergattert sie unter großer Mühe und unter Zeitdruck die nötigen Dokumente und das Ticket für eine Schiffspassage auf der mit jüdischen Flüchtlingen überfüllten „Galiläa". Am 4. April 1939 landet sie in Haifa, Palästina, ihrer „Hebräer-Heimat". Bei den ersten Besuchen war das noch ihr geliebtes „Erez-Israel" (Land Israel).

Nun macht sie daraus kalauernd „Erez-Miesrael" – Land des Elends. Zumindest ihr Sprachwitz ist geblieben. Für Vorträge und Lesungen gründet sie den „Kraal", einen „literarischen Salon", den der aus Österreich stammende berühmte Religionsphilosoph Martin Buber am 10. Januar 1942 gemeinsam mit ihr eröffnet. Eingeladen sind Freunde. Sie kennt die überschaubare Gruppe bekannter

Flüchtlinge aus Europa. Dorthin will sie eigentlich wieder zurück, hofft weiter auf ein Visum für die Schweiz. Das aber wird ihr von den Schweizer Behörden verweigert „aus vorsorglich armenpolizeilichen Gründen – Überfremdung." Damals wie heute eine Begründung, um Flüchtlinge fernzuhalten, „das Boot ist voll". Angeblich.

Else Lasker-Schüler muss vom Ausbruch des Zweiten Weltkriegs bis an ihr Lebensende 1945 in Jerusalem bleiben. Am 16. Januar wird sie mit einem Herzanfall ins Hadassa-Krankenhaus eingeliefert, sechs Tage später stirbt sie an Angina Pectoris. Auf dem Ölberg, wo sie die letzte Ruhe findet, erinnern heute – verrückterweise irgendwie passend zum Lebensweg des Prinzen Jussuf – gleich drei Grabsteine an sie.

Nachdem der Ölberg bei der Teilung Jerusalems 1948 unter jordanische Verwaltung gekommen war, waren viele Gräber zerstört worden. Auch das der Dichterin. Ihre vom Bildhauer Leopold Krakauer geschaffene weiße Marmorplatte wurde nach der israelischen Eroberung Ostjerusalems im „Sechstagekrieg" von 1967 als Teil einer Schnellstraße gefunden. Die Fahrbahn war von der jordanische Verwaltung rücksichtslos quer über den jahrtausendealten jüdischen Friedhof angelegt worden. 1975 wurde die Grabplatte von Else Lasker-Schüler an seinem heutigen Ort waagerecht auf den Boden gelegt. Drauf steht senkrecht eine schwarze Basaltstele mit der Geschichte der Schändung dieses Friedhofs in deutscher Sprache und in lateinischer Schrift. Schließlich gibt es unweit davon eine große Gedenkplatte als Sammelgrab der Gebeine der hier einst bestatteten jüdischen Toten, möglicherweise auch mit den Überresten der Dichterin. Unter den eingravieren Namen steht der Hinweis auf die „Tochter von Aron Schüler".

Palästina, englisches Mandatsgebiet, war nicht das von ihr idealisierte Hebräerland und doch für Juden auch kein Exil. In Jerusalem wohnte die Dichterin zunächst in bescheidenen Zimmern im Hotel Vienna und ab Mai 1940 im Hotel Atlantic an der belebten Ben Jehuda Street. Von Straßenjungs wird die „Hexe" mit dem merkwürdigen runden Hut verhöhnt: Eine zusammengesunkene, kleine verhuschte alte Dame, die sich selbst in Briefen manchmal als „Ekel“ oder „Herumtreiberin“ bezeichnet. Im überschaubaren Jerusalem kennt sie verhältnismäßig viele Menschen, fühlt sich aber trotzdem vereinsamt. Gelegentlich steht sie uneingeladen vor der Tür von Bekannten, „die nicht amüsiert waren und sich auch verleugnen ließen“, so die Bildhauerin Shoshanna Heimann.

Um ihre finanzielle Situation aufzubessern, tippt sie auf der Schreibmaschine Briefe an Gönner wie Sylvain Guggenheim in der Schweiz oder an den Verleger Salman Schocken und seine Frau Lilly in Jerusalem. Ihnen versichert sie ehrenwörtlich: *Geld machte mich noch nie froh, aber ich laufe 6 Jahre durch Sümpfe.* Andererseits erhält sie erstmals seit ihrer Flucht aus Deutschland eine regelmäßige finanzielle Unterstützung (von der Jewish Agency) in Höhe von 20 englischen Pfund. Eine unter den obwaltenden Umständen zum Lebensunterhalt ausreichende Summe. Einige ihrer Biographen behaupten später fälschlicherweise, sie sei in Jerusalem verarmt gewesen. Doch das stimmt nicht. Sie konnte nur nicht mit Geld umgehen, gibt es für Kinobesuche und Süßigkeiten aus. Aber einmal als Fake in die Welt gesetzt, kupfert einer vom anderen die unwahre Behauptung von der „verarmten Dichterin“ ab. Wahr ist ihr schlechter Gesundheitszustand und die Not ihrer Entwurzelung.

1941 schreibt Else Lasker-Schüler ihr letztes Theaterstück, *IchundIch*, für das sie vergeblich einen Verleger sucht. Es ist eine Tragödie in sechs Akten über deutsche Hochkultur – Goethes Faust – und deutsche Barbarei, mit einer moritatenhaften Höllenfahrt der Naziprominenz: die Welt als Theater „vom Himmel durch die Welt zur Hölle“. Selbst Freunde meinen, sie habe es in geistiger Verwirrung geschrieben. Doch wie bei vielen genialen Kunstwerken wird auch hier die wahre Bedeutung erst nach dem Tod der Verfasserin erkannt.

Vor dem Sterben aber kommt das Leben, die Liebe. Die letzte Liebe der Else Lasker-Schüler ist platonisch. Sie gilt dem aus Berlin stammenden Wissenschaftler Ernst Simon. Der ist nicht nur verheiratet, sondern auch noch rund drei Jahrzehnte jünger. Sie nennt ihn „Apoll“.

Noch einmal wird Else Lasker-Schüler-Lyrik in einem Sammelband herausgegeben, mit einer versöhnenden Widmung: *Meinen unvergessenen Freunden und Freundinnen in den Städten Deutschlands – und denen, die wie ich vertrieben und nun zerstreut in der Welt, in Treue!* Das Buch trägt den Titel eines ihrer berühmtesten Gedichte, geschrieben im Schweizer Exil:

Mein blaues Klavier

Ich habe zu Hause ein blaues Klavier
Und kenne doch keine Note.

Es steht im Dunkel der Kellertür,
Seitdem die Welt verrohte.

Es spielten Sternenhände vier –
Die Mondfrau sang im Boote.
– Nun tanzen die Ratten im Geklirr.

Zerbrochen ist die Klaviatur.
Ich beweine die blaue Tote.

Ach liebe Engel öffnet mir
– Ich aß vom bitteren Brote –
Mir lebend schon die Himmelstür,
Auch wider dem Verbote.

Jerusalem war schon in Berlin ihre Sehnsuchtsstadt, obwohl die Realität sie enttäuschen wird. Als letztes Zuhause mietet sie dort ab Sommer 1941 einen privaten kargen Raum im Haus Ha-Ma'alot Nr. 5 im Stadtteil Rechavia. Dort schläft sie in einem abgewetzten Sessel, geht mit Meira, der Tochter der Vermieterin, ins Kino, obwohl die Mutter dem Kind das verboten hat. „Sie war nicht verwahrlost, hat nicht böse gerochen", erzählt Meira Bein in einem

Deutsch, das sie von der Dichterin gelernt hat. Die gibt ihr Geld am Monatsanfang nicht nur für den „Kientopp" aus, sondern auch für Besuche im vegetarischen Restaurant „Färberoff" oder im „Café Sichel" und für Süßigkeiten aus, sodass gegen Monatsmitte meist schon Ebbe im Portemonnaie herrscht. Der Künstler Miron Sima zeichnet sie als verhutzelte alte Frau.

Als junge Frau hatte Else Lasker-Schüler 1902 ihre Ode an Jerusalem, „Sulamith", in ihrer ersten Gedichtsammlung *Styx* veröffentlicht. Dieses Gedicht nahm sie 1913 in die *Hebräischen Balladen* auf und gab ihm in ihrem Handexemplar von 1920 den Zusatztitel „Jerusalem". Solche Ergänzungen oder Variationen waren bei ihr üblich. Ohne einen der beiden Titel bildet das Gedicht 1937 den Schluss der Prosaschrift „Das Hebräerland", ein Bericht über ihre erste Reise nach Palästina drei Jahre zuvor. Eingeleitet werden die Verse von der Schilderung ihres Abschieds im Hafen von Haifa: *In meiner Träne verschwimmen am Ufer meine geliebten Freunde. Die Passagiere suchen ihre Kabinen auf, ich aber stehe noch auf Deck, winke den sich bewegenden lebendigen Punkten am Strande des Hafens und dem ferngerückten Heiligen Lande zu, seiner gebenedeiten Stadt Jerusalem.*

Abigail s Verfall, Mai 1913

Sulamith

O, ich lernte an deinem süßen Munde
zu viel der Seligkeiten kennen!
Schon fühl' ich die Lippen Gabriels
auf meinem Herzen brennen …
und die Nachtwolke trinkt
meinen tiefen Cederntraum.
O, wie dein Leben mir winkt!
Und ich vergehe
mit blühendem Herzeleid!
Und verwehe im Weltraum,
in Zeit,
in Ewigkeit,
und meine Seele verglüht in den Abendfarben
Jerusalems.

Im ersten Stock dieses Hauses im Jerusalemer Stadtteil Rechavia
hatte die Dichterin ein Zimmer bis zu ihrem Tod gemietet.

Die Gefundene

Zufällig ging mein Blick vom Else Lasker-Schüler-Denkmal „Meinwärts“ an der Herzogstraße 42 in Wuppertal-Elberfeld nach oben. Sonst hätte ich das Schild an der Fensterscheibe im ersten Stock gar nicht gesehen: „Zu vermieten“.

Ich mietete den langgestreckten Raum im September 2000 für die Else Lasker-Schüler-Gesellschaft, die ich 1990 gegründet hatte. Die Lage war ideal. Beim Blick aus den Fenstern ist das 1989 errichtete Denkmal zu sehen: zwei Stelen aus schwarzem Granit, in Mosaikform das Bildnis der Dichterin nach einem Foto von 1919, seitenverkehrt zurückgeworfen. Aus jeweils 28.000 Steinchen in 19 zarten, kaum merkbaren Farben schaut sich die Dichterin selbst an. Der Münchner Bildhauer Stephan Huber war dazu von ihrem Kunstwort „Meinwärts“ am Ende des Gedichts „Weltende“ inspiriert worden.

Für das Denkmal hatte sich Heinrich Böll eingesetzt, ein Bewunderer der Dichterin. Etwa 100 Meter davon entfernt war sie am 11. Februar 1869 im Haus Herzogstraße 29/Ecke Bankstraße zur Welt gekommen.

Denkmal für Else Lasker-Schüler an der Herzogstr. 42. Im Haus links im 1. Stock befindet sich das Büro der nach der Dichterin benannten Gesellschaft.

Es dürfte im sechsten Jahr nach unserem Einzug gewesen sein, als ein neues Mitglied der ELS-Gesellschaft die Frage stellte, wie wir denn zu diesem Büro gekommen seien. Purer Zufall, lautete die Antwort. „Ja, wisst ihr denn nicht, dass die Dichterin in diesem Haus gewohnt hat?“ Gleich nach ihrer Heirat 1894 mit dem Hautarzt Berthold Lasker habe sie in der Herzogstr. 42 eine 6-Zimmer-Wohnung bezogen. Es war die letzte Bleibe in Elberfeld, bevor das Paar nach Berlin übersiedelte. Das Gebäude gehörte ihrem Vater Aron Schüler. Ausgerechnet in diesem Haus fand die Else Lasker-Schüler-Gesellschaft Unterkunft. Zufall?

Und wie es das Schicksal will: Als Berliner verschlug es mich 1970 nach Wuppertal, der Geburtsstadt der Künstlerin, die in Berlin berühmt geworden war. Ihr Schicksal als „Verscheuchte“ kann ich, Jahrgang 1941, nachempfinden:

Erste Kindheitsjahre auf der anderen Oder-Seite von Frankfurt, also im heutigen Polen. Am 12. oder 13. Februar 1945 mit einem der letzten Züge vor dem Angriff auf Dresden mit Mutter, Großmutter und jüngerer Schwester den Bomben entkommen. Unsere gastgebenden Verwandten überlebten den Fliegerangriff nicht. Sie hatten den Warnungen im Radio (verbotenerweise und wahrscheinlich der „Feindsender” BBC) nicht geglaubt, dass Dresden, das barocke „Elbflorenz“, angegriffen werden würde. Und waren geblieben.

Wir zogen weiter zu einer Tante ins tschechoslowakische Sudetenland, die dort ein Wehrmachtslazarett leitete. Dann flohen wir vor der Roten Armee in einem kleinen Flüchtlingstreck von Frauen mit Kindern ins zerbombte Frankfurt (Oder). Der Kinderwagen meiner Schwester hatte nur noch drei Räder und ich keine Schuhe mehr. Zum Glück war es bereits später Frühling 1945. Etwa sieben Jahre später siedelten wir um nach Potsdam-Babelsberg. Mein Adoptivvater, heimgekehrt aus der Kriesgefangenschaft als einfacher Soldat, hatte Arbeit als Eisenflechter in der Ost-Berliner Stalin-Allee gefunden, einem Renommierprojekt der Staatsführung.

Die nächste Flucht erfolgte 1953 aus der DDR. Doch zuvor war ich in Frankfurt im Deutschunterricht zum ersten Mal einem Text von Else Lasker-Schüler begegnet. Der Lehrer stellte das Gedicht „Weltende“ vor. Die Anfangszeile blieb mir unvergesslich:

Es ist ein Weinen in der Welt / Als ob der liebe Gott gestorben wär. Wo war denn Gott bei den Verbrechen der Nationalsozialisten und anderen Untaten? Dies mag man sich immer wieder fragen angesichts der Gräueltaten damals, gegenwärtig – und vermutlich so lange es Despoten geben wird.

Nachdem mein Vater am 17. Juni 1953 in der Stalin-Allee mit seinen Kollegen gestreikt hatte, wurden wir vom West-Berliner Flughafen Tempelhof mit einem britischen Militärflugzeug in den „Westen“ ausgeflogen, um nicht bei der Fahrt durch die DDR verhaftet zu werden. In der Bundesrepublik herrschte damals Wahlkampf. Mit dabei so obskure Parteien wie der BHE, der Bund der Heimatvertriebenen und Entrechteten. Max Brauer, legendärer Bürgermeister von Hamburg und Sozialdemokrat, wurde auch und vor allem von eben jenen DDR-Flüchtlingen ausgepfiffen. Sie waren dankbar und fühlten sich deshalb der christdemokratischen Adenauer-Regierung verplichtet, die sie im „freien Westen“ aufgenommen hatte. Die Ausfälle gegen den einstigen Nazigegner und Exilanten Max Brauer ereigneten sich beim Wahlkampf-Besuch vor unserem Flüchtlingslager im Hamburger Stadtteil Wandsbek, wo wir in einer ehemaligen Kaserne lebten, die damals noch den Namen jenes Kolonial-Offiziers Lettow-Vorbeck trug, der in „Deutsch-Südwestafrika“ blutige Spuren hinterlassen hat, die bis heute nicht geheilt sind. Ein Kriegsverbrecher, der in der jungen BRD immer noch als Held verehrt wurde. Er war im „Wirtschaftswunderland“ genauso gut gelitten wie zahlreiche Alt-Nazis, die bei unserer Ankunft noch immer (oder auch bereits wieder) an den Schalthebeln von Industrie, Justiz, Universitäten, Krankenhäusern, Verwaltungen, Parlamenten und Regierungen saßen.

Frühzeitiger als heutige Jugendliche, geprägt und politisiert in der DDR durch die Nachkriegs-Ost-West-Konfrontation und dem „Kalten Krieg“, engagierte ich mich in der Bundesrepublik gegen die Wiederbewaffnung beider Deutschlands, war Pazifist und Jungsozialist. Und überzeugter Europäer. Meine bereits feststehende Auswanderung nach Kanada unterblieb nur dank Walter Poller. Der damalige Chefredakteur der Dortmunder *Westfälischen Rundschau*, ein Nazigegner und KZ-Überlebender, förderte meinen Wunsch, Journalist zu werden. Ohne Abitur und Studium, wie heute notwendig, stellte er mich als Volontär ein. Walter Poller konnte meinen Werdegang nachempfinden und gab mir Volksschüler eine Chance. Ich hatte zuvor als Bergmann und „Packer im Akkord" in einer Glasfabrik für diverse Zeitungen erste kleine Artikel geschrieben und Fotos „geknipst". Auch für die *Westfälische Rundschau*.

Der erste Schritt war getan. Die folgenden Schritte führten mich Jahre später zum WDR und damit nach Wuppertal (wo übrigens mein leiblicher Vater, was ich erst Jahre später erfahren sollte, in Gestapo-Haft gesessen hatte). Hier im Bergischen Land hat mich dann auch Else Lasker-Schüler „gefunden" – und ich sie.

Als frisch berufener WDR-Studioleiter stellte ich mich im Rathaus vor. Dort fragte mich der damalige Presseamtsleiter Reinhard Linsel, ob ich als Berliner die Dichterin kennen würde, die in Berlin berühmt geworden sei. Was ich zu seiner Freude bejahen konnte. Er verabschiedete mich mit dem Satz, eigentlich müsste der Eduard von der Heydt-Kulturpreis der Stadt Wuppertal nach dem Nazi-Opfer Else Lasker-Schüler benannt sein, nicht nach einem Unterstützer des Regimes. Für die Umbenennung des Kulturpreises habe ich mich später eingesetzt. Vergeblich.

Über die Jahre hinweg haben die malende Dichterin und ich einander immer besser kennengelernt. Ich merkte, das wird was Festes!

Am 23. November 1990 konnte ich zur Gründung der „Else-Gesellschaft" ins Hochhaus der Stadtsparkasse einladen. Islandufer 15. Diese Straße verläuft parallel zur Herzogstraße auf der anderen Seite der Wupper in Elberfeld. Dort befand sich das im Krieg zerstörte Geburtshaus der Malerpoetin. Zur Gründungsversammlung eingeladen hatte ich etwa zwanzig Freunde und Bekannte. Darunter waren der ehemalige Generalintendant der Wuppertaler Bühnen, Arno Wüstenhöfer, die Autoren Karl Otto Mühl, Hermann Schulz und Matthias Buth, die Journalisten Ernst Andreas Ziegler und Michael Schmid-Ospach sowie Anne Grevé, die an der bergischen Universität arbeitete und die seit langem Schriftführerin im Vorstand der ELS-Gesellschaft ist.

Unzähligen Menschen ist es ähnlich ergangen wie mir. Meine im Krieg geborene Generation hat nach Jahrzehnten des Friedens, dem Fall von der Mauer und der Öffnung europäischer Grenzen der Gemeinschaft etwas zurückzugeben und kommenden Generationen zu vermitteln. Deshalb gründete ich den Literaturverein mit inzwischen rund 1.200 Mitgliedern.

Natürlich geht es dabei um die Vermittlung von Werk und Andenken der Malerpoetin, die als Jüdin ins Exil flüchten musste. Aber es geht auch um eine zeitgemäße Erinnerungskultur. Eine Notwendigkeit angesichts von Ausländerhass, brennenden Asylbewerberheimen, altneuem Antisemitismus, Nationalismus und dem Aufstieg einer rechtspopulistischen Partei. Auch dagegen steht das „Zentrum für verfolgte Künste", das die ELS-Gesellschaft mit dem „Exil-PEN" in Wuppertals Nachbarstadt Solingen initiiert und das inzwischen eine Art Schwestereinrichtung bekommen soll, das „Exil-Museum" in Berlin. Unsere Idee setzt sich fort.

Else Lasker-Schüler war der Auslöser.

* * * * *

Hajo Jahn, *1941 in Berlin, ehemaliger Bergmann, Journalist, und pensionierter WDR-Studioleiter, Gründer und Vorsitzender der Else Lasker-Schüler-Gesellschaft.

Nachklänge

Auf den harten Linien
Meiner Siege
Laß ich meine späte Liebe tanzen.

Herzauf, seelehin,
Tanze, tanze meine späte Liebe,
Und ich lächle schwervergessene Lieder.

Und mein Blut beginnt zu wittern,
Sich zu sehnen
Und zu flattern.

Schon vor Sternzeiten
Wünschte ich mir diese blaue,
Helle, leuchteblaue Liebe.

Deine Augen singen
Schönheit,
Duftende …

Auf den harten Linien
Meiner Siege
Laß ich meine späte Liebe tanzen.

Und ich schwinge sie –
»Fangt auf ihr Rosenhimmel,
Auf und nieder! «

Tanze, tanze, meine späte Liebe,
Herzab, seelehin –
Arglos über stille Tiefen …
Über mein bezwungenes Leben.

Jussuf und sein teurer Bruder Bulus im Tempel, Sommer1921

Adam und Eva, Febr./Mai 1913

Die Lebensdaten

1869 11. Februar: Geburt von Elisabeth Schüler in Elberfeld, Herzogstr. 29, als dritte Tochter, jüngstes und letztes von sechs Kindern des Kaufmanns und späteren Privatbankiers Aron Schüler und seiner Frau Jeannette, geb. Kissing.

1875 Einschulung in der Elberfelder Volksschule

1882 21. Februar: Tod des Lieblingsbruders Paul im Alter von 21 Jahren.

1890 27. Juli: Tod der geliebten Mutter Jeanette, geboren am 26. April 1838 in Kissingen.

1893 8. Dezember: Verlobung mit dem Arzt Jonathan Berthold Lasker.

1894 15. Januar: Heirat mit J. B. Lasker und Einzug ins Haus Herzogstr. 42, Elberfeld, das dem Vater Aron Schüler gehörte. Heute befindet sich hier das Büro der Else Lasker-Schüler-Gesellschaft.
Im August Umzug nach Berlin.

1897 3. März: Tod des Vaters, geboren am18. Januar 1825 in Geseke.

1899 Erste Gedichtveröffentlichung in der Zeitschrift *Die Gesellschaft.*
24. August: Geburt des Sohnes Paul.

1900 Nimmt an den Veranstaltungen der „Neuen Gesellschaft" teil.

1901 Im Herbst erscheint ihr erstes Buch *Styx*, Gedichte im Axel Juncker Verlag in Berlin (Jahreszahl 1902).

1903 11. April: Scheidung von Berthold Lasker.
30. November: Hochzeit mit Georg Lewin, den sie Herwarth Walden nennt. Walden (1878-1941) gründet den „Verein für Kunst" (1904) sowie die Zeitschrift *Der Sturm* (1910 – 1932) und die 1912 eröffnete gleichnamige Galerie. Diese Namensvorschläge kamen von ELS.

1904 Im Herbst erscheint ihr Gedichtband *Der siebente Tag* im Verlag „Verein für Kunst“ (Amelangsche Buchhandlung) in Berlin (Jahreszahl 1905).

1906 *Das Peter Hille-Buch*, der erste Prosaband, Axel Juncker Verlag, Berlin u. Stuttgart.

1907 13. Januar: Tod des Bruders Moritz Schüler.
Die Nächte Tino von Bagdads, das zweite Prosabuch, Axel Juncker Verlag, Berlin, Stuttgart und Leipzig.
Beginn der Arbeiten am Schauspiel *Die Wupper*

1909 *Die Wupper. Schauspiel in 5 Aufzügen*, Osterheld Verlag, Berlin.

1910 Arbeit an einem Varietéprojekt, das nicht zur Aufführung kommt.

1911 *Meine Wunder. Gedichte*, Dreililien Verlag, Karlsruhe und Leipzig.
Die Briefe nach Norwegen erscheinen von September 1911 bis Juni 1912 als Fortsetzung im *Sturm*.

1912 *Hebräische Balladen*, A. R. Meyer Verlag, Berlin (mit Jahreszahl 1913).
1. November: Scheidung von Herwarth Walden.
Mein Herz. Ein Liebesroman mit Bildern und wirklich lebenden Menschen, Verlag Heinrich F. S. Bachmair, München und Berlin.
Beginn der Freundschaft und des Briefwechsels mit Franz Marc.
Erste Begegnung mit Gottfried Benn

1913 11. Januar: Karl Kraus ruft in der Fackel zur Spende für Else Lasker-Schüler auf.
17. Februar: Franz und Maria Marc organisieren in München eine Wohltätigkeitsauktion zu Gunsten von ELS; nur wenige Bilder der später weltberühmten Maler werden verkauft.
Gesichte. Essays und andere Geschichten, Kurt Wolff Verlag, Leipzig.
Briefe und Bilder erscheinen vom 6. September 1913 bis März 1917 in den Zeitschriften *Die Aktion, Der Brenner* und *Neue Jugend.*
Im November reist ELS nach Moskau, um dem inhaftierten Freund Johannes Holzmann (1882-1914), von ihr „Senna Hoy“ genannt, zu helfen.

1914 *Der Prinz von Theben. Ein Geschichtenbuch mit 25 Abbildungen nach Zeichnungen der Verfasserin und 3 farbigen Bildern von Franz Marc*, Verlag der Weißen Bücher, Leipzig.

1915 Ausstellung ihrer Zeichnungen im Graphik-Verlag in Berlin.

1916 4. März: Franz Marc, „Der blaue Reiter" (ELS), fällt bei Verdun.
Ausstellung von Zeichnungen im Folkwang-Museum, Hagen.
Ausstellung im Salon für Neue Kunst Hans Goltz, München.

1917 *Die Gesammelten Gedichte*, Verlag der Weißen Bücher, Leipzig.
12. Juni: Tod der Schwester Martha Wormser in Chicago.

1918 Die bislang ruhelose Künstlerin wird „sesshaft", bewohnt bis zu ihrer Flucht aus Berlin am 14.April 1933 das *Hotel Koschel*, das spätere *Hotel Sachsenhof*, Motzstr. 78 in Berlin-Schöneberg.

1919 7. April: Uraufführung der „Arbeitermär" *Die Wupper* im Deutschen Theater, Berlin.
Die Partitur der Bühnenmusik von Friedrich Hollaender gilt als verschollen.
Aus Not verkauft sie 29 Karten und Briefe von Franz Marc an die Berliner Nationalgalerie.
Die ersten vier der *Gesamtausgabe in zehn Bänden mit selbstgezeichneten Bildern und Titelblättern* im Paul Cassirer Verlag, Berlin, erscheinen:
Der Malik. Eine Kaisergeschichte mit Bildern und Zeichnungen; Das Peter Hille-Buch; Die Nächte der Tino von Bagdad und *Die Wupper*.

1920 Ausstellung in der Modernen Galerie Heinrich Tannhauser, München.
In der *Gesamtausgabe in zehn Bänden erscheinen: Essays; Gedichte; Der Prinz von Theben. Ein Geschichtenbuch; Hebräische Balladen. Der Gedichte erster Teil; Die Kuppel. Der Gedichte zweiter Teil; Mein Herz. Ein Liebesroman mit Bildern und wirklich lebenden Menschen.*

1921 *Der Wunderrabbiner von Barcelona*, Paul Cassirer, Berlin.
Verleger P. Cassirer bietet Bilder von ELS dem Elberfelder Museum an.

1922 Ausstellung in der Commeter'schen Kunsthandlung, Hamburg.

1923 *Theben. Gedichte und Lithographien*, Querschnitt Verlag, Frankfurt a. M. 22. Juni erster von zwei Briefen (28.12.) an Louis Asher, in dem sie den Wunsch äußert, mit ihrer Lieblingsnichte Edda Lindwurm-Lindner in die USA auszuwandern.

1925 *Ich räume auf! Meine Anklage gegen meine Verleger*, Lago Verlag, Zürich (Selbstverlag).

1926 7. Januar: Suizid von Paul Cassirer.
Im Februar wird bei ihrem Sohn Paul Tuberkulose diagnostiziert. Bis Ende April ist sie bei ihm in München, von Juni bis Oktober in Agra und Lugano.

1927 Zeichnungen in der Ausstellung „Maler, die keine Maler sind", im Buchladen am Kurfürstendamm.
ELS organisiert den Verkauf ihrer Zeichnungen und wirbt monatliche Abonnenten zur Finanzierung der Klinikaufenthalte von Sohn Paul.
Briefwechsel mit dem Wiener Medizinstudenten Paul Goldscheider.
25. September: Sie zieht ins Atelier des Bildhauers Jussuf Abbo, um Paul zu pflegen.
15. Oktober: Neuinszenierung der *Wupper* im Staats-Theater Berlin / Schauspielhaus am Gendarmenmarkt.
14. Dezember: Sohn Paul stirbt im Alter von 28 Jahren.

1928 28. März: Ausstellung ihrer Bilder in der Galerie Haas-Heye, Pariser Platz 7 in Berlin. Lesereisen im In- und Ausland sowie Lesungen in verschiedenen deutschen Rundfunkanstalten.

1931 Im Studiensaal der Berliner Nationalgalerie liegt eine Mappe ihrer Zeichnungen aus.

1932 *Konzert*, Rowohlt Verlag, Berlin.
Arthur Aronymus. Die Geschichte meines Vaters, Rowohlt Verlag, Berlin.
Theaterfassung *Arthur Aronymus und seine Väter. Aus meines geliebten Vaters Kinderjahren*, Theaterverlag S. Fischer, Berlin.
November: Verleihung des Kleistpreises, mit Richard Billinger. Es ist

die damals höchste Literaturauszeichnung in Deutschland. Mitbewerber war Alfred Döblin.

1933 19. April: Flucht in die Schweiz. Sie erhält nur befristete Aufenthaltsgenehmigungen.
Ab Dezember Briefwechsel mit dem Jurastudenten Emil Raas.

1934 21. März bis 14. Juni: Reise über Ägypten nach Palästina.

1936 19. Dezember: Uraufführung von *Arthur Aronymus und seine Väter* im Schaupielhaus Zürich unter der Regie Leopold Lindtberg. Die zunächst geplanten Aufführungen in Berlin und Darmstadt hatten die Nazis verhindert.

1937 *Das Hebräerland. Mit acht Zeichnungen*, Oprecht Verlag, Zürich.
15. Juni bis 4. September zweite Palästina-Reise.

1938 Die Nationalsozialisten entziehen Else Lasker-Schüler die deutsche Staatsbürgerschaft, veröffentlicht im *Reichsanzeiger* vom 26. September.
Ausstellung von Zeichnungen Paul Lasker-Schülers im Künstlerhaus am Hirschengraben in Zürich.

1939 Ausstellung in der Matthiesen Gallery in London.
24. März: Else Lasker-Schuler reist (von Marseille) zum dritten Mal nach Palästina. Der Aufenthalt ist auf drei Monate geplant. Es wird eine Reise ohne Wiederkehr.
(Von der Schweizer Fremdenpolizei war ihr das Einreisevisum verweigert worden. Die Schweiz hatte das „J“ in Passen und anderen Dokumenten für Juden eingeführt.)

1940 Ausstellung im Heatid Bookshop, Jerusalem. Ende des Jahres lernt sie den Philosophen und Pädagogen Ernst Simon kennen, einen ihrer wichtigsten Ansprechpartner der Jerusalemer Jahre. Zu ihm entwickelt sie eine platonische Liebesbeziehung.

1941 Ausstellung im Alfred Berger Club, Jerusalem.
20. Juli: erste Lesung aus dem Schauspiel *IchundIch*.
Im November gründet sie die Vortrags- und Lesevereinigung *Der Kraal*.

1942 10. Januar: Erste Veranstaltung im *Kraal*

1943 Im Sommer erscheint ihr letzter Gedichtband *Mein blaues Klavier* in 330 Exemplaren bei Jerusalem Press Ltd./Moritz Spitzer. 32 Gedichte und ein kurzer Prosatext „An mich". Von den Gedichten waren 18 bereits zuvor veröffentlicht worden, 7 in Deutschland, die restlichen von der Exilpresse in Zürich, Paris, Amsterdam, Jerusalem, Haifa, Tel Aviv und New York. *Mein blaues Klavier* thematisiert Schmerz und Einsamkeit sowie tiefe Trauer um die verlorene Heimat. Im englischen Mandatsgebiet wussten die Juden um die Verbrechen Hitler-Deutschlands. Deshalb war ein Buch in deutscher Sprache höchst ungewöhnlich.

1944 26. April: Eine Gedenkfeier für den Theatermann Max Reinhardt (9. September 1873 in Baden, Niederösterreich geboren; gestorben am 31. Oktober 1943 in New York) ist die letzte von 27 nachweisbaren Veranstaltungen des *Kraal*.

1945 16. Januar: Herzanfall, Einlieferung ins Hadassa-Krankenhaus auf dem Mont Skopus in Jerusalem.
22. Januar: Else Lasker-Schüler stirbt um 7.45 Uhr an Angina Pectoris
23. Januar: Beisetzung auf dem Ölberg in Anwesenheit von etwa 60 Trauergästen. Der berühmte Großrabbiner Kurt Wilhelm (geboren am 9. Mai 1900 in Magdeburg; gestorben am 19. Mai 1965 in Stockholm) trägt das ELS-Gedicht „Ich weiß, dass ich bald sterben muß" aus dem letzten Gedicht band *Mein blaues Klavier* vor. Gerson Stern und Samuel Josef Agnon sprechen das jüdischen Totengebet, das Kaddisch.

1979 10. November: Uraufführung von *IchundIch*, des politischsten Theater stücks der Dichterin, dessen komplette Aufführung von der Nachlassverwaltung bis dato untersagt war. Für die Freigabe hatte sich Nobelpreisträger Heinrich Böll eingesetzt.

Die Bilder

Abbildungen der Zeichnungen und Collagen

1.) Prolog:
Der Schellentänzer, um 1925, Tinte, Kreiden, Buntstifte, Privatbesitz

2.) Die Facettenreiche:
Die lyrische Mißgeburt, 27.4.1900, Tusche, Tinte, Aquarellfarben, collagiert auf hellblauem Papier. Deutsches Literaturarchiv, Marbach

3.) Die Elberfelderin:
Jussuf modelliert seine Mutter, um 1920, Vorzeichnung zu dem Buch „Theben", Tusche, Buntstift, Kreiden auf der Rückseite eines Telegrammformulars.
Else Lasker-Schüler-Gesellschaft, Wuppertal

4.) Die Berlinerin:
Theben mit Jussuf, um 1920, Vorzeichnung zu dem Buch „Theben", Tinte, Bleistift, Buntstift, Kreide, Gold- und Transparentpapier auf der Rückseite eines Telegrammformulars.
Else Lasker-Schüler-Gesellschaft, Wuppertal

5.) Die Dichterin:
Selbstbildnis als Prinz „Jussuf", gemalt um 1913 für Franz Marc, Feder, Tinte, Farbstift.
Bayerische Staatsgemäldesammlung München

6.) Die Zeichnerin:
Elephant mit Jussuf, 1927/28, Tusche und farbige Kreide auf imitiertem Japanpapier.
Jussuf erhängte sich, jedoch die Thebetaner glaubten, Ossman habe ihn – auf sein Geheiß – erschlagen, 1915, Schwarze und farbige Kreiden, Tinte. Staatliche Museen zu Berlin, Kupferstichkabinett
Nicodemus, um 1922, Tinte, Buntstift, Kreide auf der Rückseite eines Telegrammformulars, das ausgeschnittene Auge mit Silbermetallfolie hinterlegt.
Else Lasker-Schüler-Gesellschaft, Wuppertal

7.) Die Dramatikerin:
Der Scheik und sein Freund Mschattre Zimt, zwischen Febr. und Mai 1913, Tinte, Buntstift, Kreide. Else Lasker-Schüler-Gesellschaft, Wuppertal

8.) Die Performerin:
Imre trägt die heilige goldene Schlange, um 1920, Vorzeichnung zu dem Buch „Theben", Tinte, Bleistift, Buntstift, Kreide, Silbermetallfolie auf der Rückseite eines Telegrammformulars. Else Lasker-Schüler-Gesellschaft, Wuppertal
John Höxter – ***Else Lasker-Schüler. Der schwarze Schwan.*** Reproduktion einer Zeichnung in: Almanach des Welt-Verlags, 1920. Deutsches Literaturarchiv, Marbach

9.) Die Avantgardistin:
Die Töchter des Emirs von Aphganistan, um 1918, Tinte (oder Tuschfeder) auf weißem Velin. Else Lasker-Schüler-Gesellschaft, Wuppertal

10.) Die Vielverliebte:
Abigail III / Der Traum der Liebe + Jussuf träumt den Traum der Hecke, Febr./Mai 1913, Feder, braune Tinte, zwei Motive auf einem Blatt montiert zwischen Febr. und Mai 1913, schwarze und rote Tinte. Else Lasker-Schüler-Gesellschaft, Wuppertal

11.) Die Mutter:
Der Emir von Afghanistan und die Emirsgattin, zwischen Febr. und Mai 1913, Tinte, Buntstifte, Kreiden. Else Lasker-Schüler-Gesellschaft, Wuppertal

12.) Die Netzwerkerin:
Chaluzim kommen aus den Orangenhainen, um 1935, Entwurf für das Frontispiz des Buches „Hebräerland", Bleistift und farbige Kreide auf Pergamin.
Else Lasker-Schüler-Gesellschaft, Wuppertal

13.) Die Ulkiadin:
Jussuf weidet die Ziegen und Schaafe, 1927/28, Tinte, Bleistift, Kreiden, mit Silbermetallfolie collagiert.
Der Schlangentänzer in Tiba, um 1927, Tuschfeder, Bleistift, Kreiden, collagierte Silbermetallfolie auf dünnem Maschinenpapier. Else Lasker-Schüler-Gesellschaft, Wuppertal

14.) Die Vertonte:
Abigail dichtet die Mondsichel an, erste Hälfte 1913, Tinte.
Else Lasker-Schüler-Gesellschaft, Wuppertal

15.) Die Kinoniterin
Indianerinnen, um 1928, Kreiden, Tusche, Bleistift. Jüdisches Museum Frankfurt

16.) Die Ökologin:
Aquarium in Persien, Juni 1936, Bleistift, Kreide, collagierte Silberfolie.
Privatbesitz Maryse Raas

17.) Die Araberin:
Egyptische Photographie (In einem Café aufgenommen), um 1935, Bleistift, Kreiden. Privatbesitz Ruth Livnay-Raas, Jerusalem

18.) Die Jüdin:
Die jüdischen Häuptlinge (die wilden Juden), Februar/Mai 1913, Tinte, Kreide auf Velin.
Der Bund der wilden Juden, um 1920, Vorzeichnung zu dem Buch „Theben", Tinte, Bleistift, Buntstift, Kreiden auf der Rückseite eines Telegrammformulars.
Else Lasker-Schüler-Gesellschaft, Wuppertal

19.) Die Verscheuchte:
Abschied, 18.6.1936, Bleistift, Kohle, Kreide.
Abigails Verfall, Mai 1913, Tinte, teils laviert, auf Velin.
Else Lasker-Schüler-Gesellschaft, Wuppertal

20.) Die Gefundene:
Jussuf und sein teurer Bruder Bulus im Tempel, Sommer 1921, Vorzeichnung zu dem Buch „Theben", Tinte, Buntstifte, Kreiden, Goldpapier collagiert auf der Rückseite eines Telegrammformulars. Else Lasker-Schüler-Gesellschaft, Wuppertal

21.) Die Lebensdaten:
Adam und Eva, Februar/Mai 1913, Tinte und Buntstift.
Else Lasker-Schüler-Gesellschaft, Wuppertal

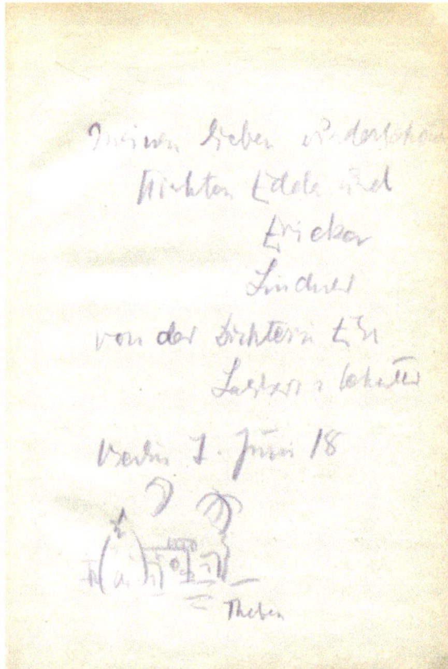

Else Lasker-Schüler „Die gesammelten Gedichte“, Verlag der Weißen Bücher, Leipzig, 1917, mit einer kleinen Zeichnung und einer Widmung. Eigentum der Else Lasker-Schüler-Gesellschaft, Wuppertal

Die Werke

Lyrik und Prosa von Else Lasker-Schüler

- *Styx. Gedichte.* Juncker, Berlin, 1902.
- *Der siebente Tag. Gedichte.* Verlag des Vereins für Kunst, Berlin-Charlottenburg, 1905.
- *Das Peter Hille-Buch.* Juncker, Stuttgart & Berlin, 1906.
- *Die Nächte Tino von Bagdads. Gedichte und Novellen.* Juncker, Berlin u. a.,1907.
- *Die Wupper. Schauspiel in 5 Aufzügen.* Oesterheld, Berlin 1909. Uraufführung 1919.
- *Meine Wunder. Gedichte.* Dreililien, Karlsruhe & Leipzig, 1911.
- *Mein Herz. Ein Liebesroman mit Bildern und wirklich lebenden Menschen.* Bachmair, München, 1912.
- *Hebräische Balladen.* A. R. Meyer, Berlin-Wilmersdorf, 1913.
- *Essays.* Cassirer, Berlin, 1913.
- *Gesichte. Essays und andere Geschichten.* Wolff, Leipzig, 1913.
- *Der Prinz von Theben. Ein Geschichtenbuch.* Verlag der Weißen Bücher, Leipzig, 1914.
- *Die gesammelten Gedichte.* Verlag der Weißen Bücher, Leipzig, 1917.
- *Der Malik. Eine Kaisergeschichte.* Cassirer, Berlin, 1919.
- Gedichte. Berlin: Cassirer, 1920. Zwei Teile:
  - *Hebräische Balladen* (erweiterte Fassung)
  - *Die Kuppel.*
- *Der Wunderrabiner von Barcelona. Erzählung.* Cassirer, Berlin, 1921.
- *Theben. Gedichte und Lithographien.* Querschnitt, Frankfurt a. M., 1923.
- *Ich räume auf! Meine Anklage gegen meinen Verleger.* Lago, Zürich, 1925.
- *Arthur Aronymus. Die Geschichte meines Vaters.* Rowohlt, Berlin, 1932. Dramatische Fassung 1932 *Arthur Aronymus und seine Väter.* Uraufführung 1936 am Schauspielhaus Zürich.
- *Konzert. Essays und Gedichte.* Rowohlt, Berlin, 1932.
- *Das Hebräerland. Prosa.* Oprecht, Zürich, 1937.
- *Mein blaues Klavier. Neue Gedichte.* Jerusalem Press, Jerusalem, 1943.
- *IchundIch. Eine theatralische Tragödie.* Herausgegeben und mit einem Nachwort versehen von Margarete Kupper. Kösel, München, 1980. Uraufführung 1979.

Die Bücher

Almanach 1:
Mein Herz Niemandem
Herausgegeben von Michael Schmid-Ospach
Peter Hammer Verlag, Wuppertal 1993

Almanach 2:
Meine Träume fallen in die Welt
Herausgegeben von Sarah Kirsch, Jürgen Serke und Hajo Jahn
Peter Hammer Verlag, Wuppertal 1995

Almanach 3:
Deine Sehnsucht war die Schlange
Herausgegeben von Anne Linsel und Peter von Matt
Peter Hammer Verlag, Wuppertal 1997

Almanach 4:
Fäden möchte ich um mich ziehen
Herausgegeben von Hajo Jahn und Hans Joachim Schädlich
Peter Hammer Verlag, Wuppertal 2000

Almanach 5:
In einem Turm in den Wolken
Herausgegeben von Ulla Hahn und Hajo Jahn
Peter Hammer Verlag, Wuppertal 2002

Almanach 6:
Zweiseelenstadt
Herausgegeben von Hajo Jahn
Peter Hammer Verlag, Wuppertal 2004

Almanach 7:
Manchmal habe ich Sehnsucht nach Prag
Herausgegeben von Hajo Jahn
Peter Hammer Verlag, Wuppertal 2005

Almanach 8:
Wo soll ich hin? Zuflucht Zürich – Fluchtpunkt Poesie
Herausgegeben von Hajo Jahn
Peter Hammer Verlag, Wuppertal 2007

Almanach 9:
Jeder Vers ein Leopardenbiss. Jubiläumsalmanach zum 20-jährigen Bestehen der Else Lasker-Schüler-Gesellschaft.
Herausgegeben von Hajo Jahn
Peter Hammer Verlag, Wuppertal 2011

Almanach 10:
Was tun Sie da in… Wien?
Herausgegeben von Hajo Jahn
Peter Hammer Verlag, Wuppertal 2013

Almanach 11:
Der Blaue Reiter ist gefallen. Zum 25-jährigen Bestehen der Else Lasker-Schüler-Gesellschaft,
Herausgegeben von Hajo Jahn
Peter Hammer Verlag, Wuppertal 2015

Almanach 12:
Das Lied der Emigrantin
Herausgegeben von Hajo Jahn
Peter Hammer Verlag, Wuppertal 2018

Almanach 13:
Meinwärts – das Herz der Avantgarde
Herausgegeben von Hajo Jahn
Peter Hammer Verlag, Wuppertal 2020

Almanach 14:
Ich suche allerlanden eine Stadt
Sanary-sur-Mer, paradies wider Willen
Herausgegeben von Hajo Jahn
Peter Hammer Verlag, Wuppertal 2020

Aufenanger, Jörg:
Else Lasker-Schüler in Berlin
be-bra verlag, Berlin 2019

Baumer, Franz:
Else Lasker-Schüler
Wissenschaftsverlag Spiess, Berlin, 1998

Bauschinger, Sigrid:
Else Lasker-Schüler. Eine Biographie
Wallstein Verlag, Göttingen 2004

Bellenberg, Karl:
Else Lasker-Schüler, ihre Lyrik und ihre Komponisten
Wissenschaftlicher Verlag, Berlin 2019

Decker, Kerstin:
Mein Herz – Niemandem
Das Leben der Else Lasker-Schüler
Ullstein Verlag, Berlin 2010

Else Lasker-Schüler – Jahrbuch zur Klassischen Moderne
Herausgegeben von Lothar Blum und Andreas Meier
bislang 4 Bände: Trier 2000, 2003, 2006, 2009

Else Lasker-Schüler.
Faksimile eines Leporello in einer Kassette.
Elf Gedichte für Bundesrat Albert Meyer
Herausgegeben Martin Bircher, Kranich-Verlag, Zollikon/CH.

Else Lasker-Schüler:
Die Bilder (Ausstellungskatalog),
Herausgegeben von Ricarda Dick
im Auftrag des Jüdischen Museums Frankfurt am Main.
Mit Essays von Ricarda Dick und Astrid Schmetterling.
Jüdischer Verlag im Suhrkamp Verlag. Berlin 2010

Else Lasker-Schüler – Die kreisende Weltfabrik
Berliner Ansichten und Porträts
Herausgegeben von Heindrun Loeper
Transit Buchverlag, Berlin 2012

Else Lasker-Schüler – Prinz Jussuf von Theben und die Avantgarde
Herausgegen von Antje Birthälmer.
Katalog zur Ausstellung im Von der Heydt Museum
Wuppertal 2019

Else Lasker-Schüler:
Die Gedichte, herausgegeben und kommentiert
von Gabriele Sander
Reclam Taschenbuch Nr. 20598, Stuttgart 2016, 2020

Else Lasker-Schüler:
Werke und Briefe. Kritische Ausgabe. 11 Bände, im Auftrag des Franz Rosenweig-Zentrums der Hebräischen Universität Jerusalem, der Bergischen Universität Wuppertal und des Deutschen Literaturarchivs Marbach am Neckar
hg. von Andreas B. Kilcher (ab Bd. 9), Norbert Oellers,
Heinz Rölleke und Itta Shedletzky , Jüdischer Verlag (Suhrkamp)

Bd. 1: Gedichte. Bearbeitet von Karl Jürgen Skrodzki
unter Mitarbeit von Norbert Oellers
Frankfurt am Main 1996
Bd. 2: Dramen. Bearbeitet von Georg-Michael Schulz
Frankfurt am Main 1997
Bd. 3: Prosa 1903 – 1920. Bearbeitet von Ricarda Dick
Frankfurt am Main 1998
Bd. 4: Prosa 1921 – 1945. Nachgelassene Schriften.
Bearbeitet von Karl Jürgen Skrodzki und Itta Shedletzky
Frankfurt am Main 2001
Bd. 5: Prosa. Das Hebräerland. Bearbeitet von Karl Jürgen Skrodzki
und Itta Shedletzky,
Frankfurt am Main 2002
Bd. 6: Briefe 1893 – 1913. Bearbeitet von Ulrike Marquardt
Frankfurt am Main 2003
Bd. 7: Briefe 1914 – 1924. Bearbeitet von Karl Jürgen Skrodzki
Frankfurt am Main 2004
Bd 8: Briefe 1925 – 1933. Bearbeitet von Sigrid Bauschinger
Frankfurt am Main 2005
Bd. 9: Briefe 1933 – 1936. Bearbeitet von Karl Jürgen Skrodzki
Frankfurt am Main 2008
Bd. 10: Briefe 1937 – 1940. Bearbeitet von Karl Jürgen Skrodzki
und Andreas B. Kilcher
Frankfurt am Main 2009
Bd. 11: Briefe 1942 – 1945. Nachträge. Bearbeitet von
Karl Jürgen Skrodzki und Andreas B. Kilcher
Frankfurt am Main 2010

Feißmann, Meike:
Else Lasker-Schüler
Deutscher Kunstverlag, Berlin/München 2016

Gibiec, Christiane
Else blau: Ein biografischer Roman über Else Lasker-Schüler
Bergischer Verlag, Remscheid 2014

Grossmann, Uta:
Fremdheit im Leben und in der Prosa Else Lasker-Schülers
Igel Verlag, Oldenburg 2001

Hessing, Jakob:
Else Lasker-Schüler, Biographie einer
deutsch-jüdischen Dichterin,
von Loeper Verlag, Karlsruhe 1985

Jahn, Hajo (Hrsg.):
Zwischen Theben und Shanghai
Almanach zum V. Else Lasker-Schüler-Forum, „Flucht in die Freiheit", 1997
Oberbaum Verlag, Berlin 1998

Jahn, Hajo (Hrsg.):
Gewissen gegen Gewalt –
Für ein Else Lasker-Schüler-Zentrum der verfolgten Künste
Edition Künstlertreff, Wuppertal 2000

Jahn, Hajo (Hrsg.):
Momente in Jerusalem
Doppelband zum IX. ELS-Forum in Israel
„Die Reise nach Jerusalem", 2001
Bleicher Verlag, Gerlingen 2002

Klüsener, Erika/Pfäfflin, Friedrich:
Else Lasker-Schüler 1869-1945.
Marbacher Magazin 71/1995 (Doppelheft)
Marbach am Rhein 1995

Kröger, Ute:
Viele sind sehr gut zu mir
Else Lasker-Schüler in Zürich 1917/1939
Limmat Verlag, Zürich 2018

Ludwig, Christa:
Ein Bündel Wegerich, Roman
OKTAVEN, Stuttgart 2018

Oellers, Norbert:
Die Verscheuchte: Else Lasker-Schüler (1869-1945)
In: *Manche Worte strahlen: Deutsch-jüdische Dichterinnen des 20. Jahrhunderts*
Herausgegeben von Norbert Oellers. Erkelenz: Altius-Verlag

Sander-Brahms, Helma:
Gottfried Benn – Else Lasker-Schüler
Guiselheer und Prinz Jussuf
Rowohlt 1997

Schmid, Michael (Hrsg.):
Lasker-Schüler. Ein Buch zum 100. Geburtstag der Dichterin
Peter Hammer Verlag Wuppertal 1969

Schrader, Ulrike (Hrsg.):
Verzauberte Heimat. Else Lasker-Schüler und Wuppertal
Peter Hammer Verlag, Wuppertal 2019

Die CDs

Eine CD-Auswahl mit überwiegend Vertonungen von ELS-Texten, zusammengetragen von Dr. Karl Bellenberg. Von seiner Website können weitere Informationen kostenlos heruntergeladen werden: www.Bellenberg.de

Dangel, Arthur: *Else-Zyklus I op. 53* (1990). Sechzehn Lieder mit Gedichten von Else Lasker-Schüler an Gottfried Benn für Alt und Klavier. CD. Audite 95.428

Friz, Sibylle; Riess, Wolfgang (Komp.): *Komm zu mir in der Nacht …* (2016). Zwölf Lieder nach Texten von Else Lasker-Schüler für zwei Stimmen, Violoncello, Elektrobass und Loopstation. Projekt E.L.S.E. Else Lasker-Schüler Experience. 1 CD (2018). Audiotransit LC 09322/atcd2-011.

Galline, Rachel: *Schwarze Gesänge* (1992). 6 Lieder für Alt und Klavier; Text: Else Lasker-Schüler. CD. Tel Aviv: Israel Music Information Center (IMIC).

Hanebeck, Julian; Krüger, Björn (2005): *Ich träume so leise von dir.* www.elseprojekt.de. Im Auftrag der ELSG; Random House Audio.

Hefti, David Philip: *TENET* (2003) 4 Lieder für Sopran und Ensemble nach Gedichten von Else Lasker-Schüler telos music records TLS 126.

Henkemeyer, Ferdinand: *Wandelhin – Taumelher* (1997). Zyklus nach Texten von Else Lasker-Schüler für Sopran, Alt, Sprecherin, Frauenchor und Instrumental-Ensemble. 2 CD über ELS-Gesellschaft.

Hesse, Lutz-Werner (2020): *Ich habe dich gewählt…* Symphonisches Gedicht Nr. 2 auf Texte von Else Lasker-Schüler op. 82 für Mezzosopran, Sprechstimme, Chor und großes Orchester. UA 15./16.12.2019. Historische Stadthalle Wuppertal: Iris Marie Sojer, Mezzosopran; Thomas Braus, Sprecher; Opernchor der Wuppertaler Bühnen; Amici del Canto; Symphonieorchester Wuppertal; Julia Jones, Dirigentin; Auftrag der Wuppertaler Bühnen zum ELS-Jubiläumsjahr 2019. CD musicaphon M55727.

Rettich, Wilhelm (2006): *Else Lasker-Schüler-Zyklus op. 26A* (1923-1928). 26 Lieder und Gesänge für eine Singstimme und Klavier. 1 CD und Booklet. Mainz. Gideon Boss Musikproduktion Remscheid, LC00471/gb002.

Aktueller Forschungsstand von Dr. Karl Bellenberg (Februar 2022):

Komponistinnen	77
Komponisten	367
Gruppen	9
GESAMT	**453**
Werke	675
– mit Einzelkompositionen	2.021
– davon Gedichtvertonungen	1.936
– davon andere ELS-Texte	85
– davon im Archiv Bellenberg:	
– Drucke und Manuskripte	944
– Tonaufzeichnungen	545

Musik-CDs, aufgenommen und produziert von Mitgliedern der ELS-Gesellschaft, u.a.:
Wir wollen uns versöhnen die Nacht, Lieder (wort und mensch-verlag)
else hören (X. ELS-Forum 2002, *Mein blaues Klavier,* Live-Mitschnitte der Vertonungen von und mit Caroline Tudyka, Moana, Pilos Puntos, Lisa Cash, artcore, Markus Stockhausen, adé (bantu), Jazzklasse der Musikhochschule Köln)
Du, ich liebe Dich grenzenlos, Anselm König singt Else Lasker-Schüler
Mein blaues Klavier, Ursula Kurze singt Else Lasker-Schüler
Vier letzte Else-Lieder, UA 2012 von George Dreyfus-Vertonungen
Deine Küsse dunkeln, Schné-Ensemble (mit Texten von Else Lasker-Schüler u.a.)

Hörbücher:
Else Lasker-Schüler: *Die kreisender Weltfabrik.* Gelesen von Claudia Gahrke.
Else Lasker-Schüler: *Tiefer beugen sich die Sterne.* Gelesen von Nina Hoger.
Klezmer Ensemble Noisten

Die Helfer

Nicht die Glücklichen sind dankbar. Es sind die Dankbaren, die glücklich sind.

Mit diesem Zitat des englischen Philosophen Francis Bacon bedanke ich mich bei allen, die direkt oder indirekt zum Gelingen dieses Buches beigetragen haben. Vor allem bei Freund und Mäzen Veit Feger aus Ehingen an der Donau. Der pensionierte Journalist hat mich bei diesem Buchvorhaben unterstützt und mir beim Redigieren der Texte die Flügel gestutzt, wenn meine Verehrung für die Malerpoetin zu überschwänglich wurde.

Dank gilt ebenfalls dem Musikwissenschaftler Dr. Karl Bellenberg und Henry Schneider, dem ehemaligen Leiter des Else Lasker-Schüler-Archivs der Stadtbibliothek Wuppertal.

Bei den redaktionellen Umsetzungen haben mir Doris Rother, Ulrike Müller, Heiner Bontrup, Günther Sauer, Petra Joecker und Brigitte Hauser geholfen.

Informationen verdanke ich Publikationen von Prof. Jakob Hessing, Prof. Sigrid Bauschinger, Prof. Erika Klüsener, Friedrich Pfäfflin, Dr. Karl Jürgen Skrodzki, Jürgen Serke, Uta Grossmann, Grete Fischer, Gerold Theobalt und Jörg Aufenanger. Wenn ich jemanden vergessen haben sollte, dann liegt das nicht am mangelnden guten Willen, sondern am mangelnden Erinnerungsvermögen, weil ich im Laufe von mehr als drei Jahrzehnten, in denen ich mich mit Else Lasker-Schüler beschäftigte, viel gelesen und gehört, aber auch manches vergessen habe.

Ich bitte um Verständnis mit einem Goethe-Zitat:
Wo der Anteil sich verliert, verliert sich auch das Gedächtnis.

Der Autor

Hajo Jahn. geboren 1941 in Berlin.

Als 12-Jähriger hatte er die Möglichkeit erkundet, Mutter und zwei jüngere Geschwister in das durch russisches und DDR-Militär abgeriegelte West-Berlin zu bringen: am 21. Juni 1953 über die berühmte Glienicker Brücke zwischen Potsdam und Wannsee. Sein Adoptivvater hatte am 17. Juni 1953 als Eisenflechter in der Ost-Berliner Stalin-Allee am Streik und ersten Volksaufstand im Ostblock teilgenommen. Dabei ging Gerhard Jahn verschollen – abgedrängt nach West-Berlin, wie sich später herausstellte. Seine ersten Kindheitsjahre hatte Hajo Jahn in der „Dammvorstadt" von Frankfurt an der Oder verbracht, dem heutigen polnischen Slubice.

Wie vielen aus dieser Generation musste sich Hajo Jahn seinen Berufsweg hart erarbeiten: als Volksschüler war er Kofferträger auf Bahnhöfen, Lehrling in einem Chemielabor, Bergmann unter Tage auf der Zeche Neu-Iserlohn in Dortmund und Packer in einer Wittener Glasfabrik.

Sein Auswanderungsschiff nach Halifax in Kanada fuhr ohne ihn ab, denn er hatte früh angefangen für Lokalzeitungen zu fotografieren und zu schreiben. So bekam er im letzten Augenblick doch noch ein Volontariat: bei der *Westfälischen Rundschau* in Dortmund. Danach freier Korrespondent für WDR/ARD. 1970 – 2000 WDR-Studioleiter in Wuppertal, Reporter, Hörfunk- und Fernsehmoderator. Angeregt durch seine eigene Geschichte, gründete er 1990 als Berliner in der Geburtsstadt der jüdischen aus Deutschland geflüchteten Malerpoetin die „Else Lasker-Schuler-Gesellschaft" mit dem Anliegen eines „Zentrums für verfolgte Künstler/Künste" – für eine zeitgemäße Erinnerungskultur. Auch als Zeichen der Toleranz im Sinne des „Prinzen Jussuf" veranstaltete Hajo Jahn 1992/93 nach

Anschlagen auf Ausländer „Dichterlesungen in Asylbewerberheimen", u.a. mit Günter Grass, Herta Müller, Reiner Kunze und Wolf Biermann, unterstützt von Jürgen Serke. Als Vorsitzender der ELS-Gesellschaft organisierte er Else-Lasker-Schuler-Foren im In- und Ausland.

Der pensionierte Journalist ist Herausgeber der im Wuppertaler Peter Hammer Verlag erschienenen Else Lasker-Schüler-Almanache (zuletzt *Ich suche allerlanden eine Stadt. Sanary-sur-Mer, Paradies wider Willen*, Herbst 2022) sowie der Bücher *Gewissen gegen Gewalt. Für ein Zentrum der verfolgten Künste* (Edition Künstlertreff, Wuppertal; 2. Auflage, 2000), *Zwischen Theben und Shanghai. Jüdische Exilanten in China – Chinesische Exilanten in Europa* (Oberbaum Verlag, Berlin, 1998) *und Momente in Jerusalem* (Bleicher Verlag, 2002).

Auch diese Bücher, die u. a. an Schulen, Bibliotheken und Archive gingen, und sein ehrenamtliches Engagement sind sein Dank an das Schicksal, das es gutgemeint hat mit ihm, der aus der 7. Klasse Volksschule als 13jähriger eine Lehre beginnen musste. Alles, was er sich an Wissen aneignen konnte, verdankt er der Lektüre von Büchern. Und der Schule des Lebens.

Inhaltsverzeichnis

Dieser Band wurde durch die Else Lasker-Schüler Gesellschaft ermöglicht.

Bibliografische Information der Deutschen Nationalbibliothek
Die Deutsche Nationalbibliothek verzeichnet diese Publikation in der Deutschen Nationalbibliografie; detaillierte bibliografische Daten sind im Internet über http://www.dnb.de abrufbar.

ISBN: 978-3-96258-106-0

Verlegerin: Catharine J. Nicely
Pfalzburgerstr. 69, 10719 Berlin
www.palmartpress.com

Gestaltung: NicelyMedia
Druck: JBconcept
Hergestellt in Deutschland

Ganz im Sinne der Nachhaltigkeit wurde diese Publikation auf FSC-zertifiziertem Papier klimaneutral gedruckt und garantiert eine weltweite nachhaltige Waldbewirtschaftung.